September 1944 in den savoyischen Alpen. Frankreich ist befreit, da taucht Arthur aus seinem Bauernversteck wieder auf und kehrt ins Internat zurück. Auf sich allein gestellt war der Junge aus Nazideutschland über Italien in dieses Internat geflohen. Arthur ist kein Kind mehr, gehört aber auch noch nicht zu den Großen. Er erkundet die rätselhafte Geschlechtlichkeit. Die Entdeckung des eigenen Körpers geht einher mit einer seltsamen Mischung aus Lust, Scham und Schuld, Schuld auch, als Jude überlebt zu haben. Jugendliche Sexualverwirrung und historische Katastrophe bleiben untrennbar miteinander verwoben. Der Sprachjongleur Goldschmidt erzählt kraftvoll und sehr eindringlich. ›Die Befreiung‹ ist eine intensive Fortsetzung von ›Die Absonderung‹ und ›Die Aussetzung‹.

Georges-Arthur Goldschmidt, geboren 1928 in Reinbek bei Hamburg, emigrierte als Elfjähriger nach Frankreich und lebt heute in Paris. Für seine Bücher wurde er u. a. mit dem Bremer Literaturpreis und dem Joseph-Breitbach-Preis 2005 ausgezeichnet. Im Fischer Taschenbuch sind von ihm erschienen: *Über die Flüsse* (Bd. 15699), *Die Absonderung* (Bd. 11867), *Als Freud das Meer sah* (Bd. 14995), *Freud wartet auf das Meer* (Bd. 17825).

Unsere Adresse im Internet: www.fischerverlage.de

Georges-Arthur Goldschmidt

Die Befreiung

Erzählung

Fischer Taschenbuch Verlag

MIX
Papier aus verantwortungsvollen Quellen
FSC® C019821

Veröffentlicht im Fischer Taschenbuch Verlag,
einem Unternehmen der S. Fischer Verlag GmbH,
Frankfurt am Main, Dezember 2010

Lizenzausgabe mit freundlicher Genehmigung
des Ammann Verlags, Zürich

Satz: Gaby Michel, Hamburg
Druck und Bindung: Druckerei C.H. Beck, Nördlingen
Printed in Germany
ISBN 978-3-596-18131-5

Für Joachim Helfer, den Freund

… es sollte in dem Schloßhofe eine Exekution vorgehen und ein Knabe gestäupt werden …

Goethe, *Wilhelm Meisters Lehrjahre* III,9

I

Der Ort, wo er sich jedesmal befand, erinnerte ihn immer zu stark an irgendeinen einzelnen Teil desselben, als daß noch für das Ganze in seiner Denkkraft Platz gewesen wäre; er drehte sich mit seinen Vorstellungen immer im engen Kreise seines Daseins herum.

Karl Philipp Moritz, *Anton Reiser* (Erster Teil)

Mit jedem Schritt erweiterte sich die Talsicht; hoch oben, über dem der da ging, trieben Wolken schiffartig dahin, sonnenumrandet. Der Jüngling hatte die Abkürzung genommen, die geradeaus zum Internat heraufführte, welches, wie zur Aufsicht dahingestellt, das ganze Dorf überragte, so daß man es sich davon abheben sah wie einen Schornstein an einem Satteldach. Vom Dorf aus zog die Straße eine lange Schleife den Abhang hinauf, der so steil war, daß man sich selber auch schornsteinhaft, wie am schrägen Dach vorkam. Da oben erwartete man ihn nicht, er war nicht einmal erwünscht und wußte es. Er hieß Arthur Kellerlicht.

Ein Jahr schon war er vom Internat weg, unter den Kühen versteckt, in einem entfernten Gebirgshof, der falschen Geburt wegen oder auch, weil er an sich selbst sündig gewesen war, vielleicht gehörte das eine zum anderen, und er war dabei immer wieder ertappt worden, deshalb auch waren vielleicht die Deutschen hinter ihm her gewesen. Genau wußte er es nicht. Er war am einen wie am anderen schuldig, an dem, was er war, an dem, was er machte.

Wenn der Bauer gewußt hätte, hätte er ihn bestimmt nicht bei sich aufgenommen. 1943 war es gewesen, man war ins Internat gekommen, ihn abzuholen. Collège Florimontane hieß es. Ein Offizier der Wehrmacht. Er sollte doch, wie es sich gehörte, ins KZ. Wegradiert sollte er werden, samt größerem Bruder. Er hatte sie auf dem kurzen, ganz schmalen Pfad getroffen, der von der Straße zum Heim hinunterführte, und da sie ihn nicht erkannt hatten, waren sie sogar ein wenig zur Seite getreten, um ihn durchzulassen.

Wie so viele andere hätte es ihn nicht geben sollen, beseitigt gehörte er, abgeschafft, »lebensunwertes Leben«, wie es hieß, dazu auch noch agitiert und nervös, oben mager, man sah seine Rippen, unten weiblich fett, obszön ausgeprägt, wie für die Strafe geschaffen, strafwürdig auf jeden Fall.

Und dabei war er doch ein so frommes Christenkind, das dem Heiland, nur ihm allein, seinen Kummer anvertraute. Der Heiland nämlich war schon immer sein Freund gewesen, der doch gesagt hatte »Lasset die Kinder zu mir kommen!«. Manchmal aber war er seiner nicht sicher, er fragte sich, ob er sich überhaupt an ihn wenden durfte, und dann blickte er in seinen 1928, kurz nach seiner Geburt von Pastor Fries in eigener Handschrift ausgestellten, mit Stempel versehenen Taufschein und war beruhigt, er war also doch keiner.

Todesangst hatte er ausgestanden, fast jeden Tag, da er doch einer war. Es kamen immer wieder Uniformierte am Bauernhof vorbei, die einschwenkten zum Butter- oder Käseeinkauf, aber jedesmal glaubte man, sie kämen ihn festnehmen, ein Kind. »Nichtarier«, wie es hieß, war er von den Eltern als Zehnjähriger, 1938, in Sicherheit ins Ausland, Italien zuerst, dann nach Frankreich, geschleust worden, wo man ihn in einem sehr strengen, hoch über dem Tal gelegenen Internat immatrikuliert hatte.

Man hatte sich im Internat seiner angenommen, für ihn gesorgt, man war benachrichtigt worden, die Deutschen kämen herauf ihn abholen. Man hatte in Eile nach jemandem gesucht, der ihn aufnehmen könne, das eigene Leben aufs Spiel gesetzt, als ob er es wert wäre: Lügner, Faulpelz, verlogener Vielfraß, Bettnässer als Fünfzehnjähriger, der unzählige Matratzen verdarb. Und wegen so einem hätte man erschossen werden können!

Der Livrazbauer, bei dem er zuerst acht Monate lang untergebracht worden war, hatte es nicht mehr ausgehalten, er hatte sich zu sehr gefürchtet, als daß er den Knaben bei sich behalten konnte, um so mehr als die Kämpfe zwischen den Widerstandsgruppen und der französischen Miliz immer näher herankamen.

Nach dem Débarquement, der Landung der Alliierten zur Befreiung Europas vom Joch der Nazis am 6. Juni 1944, war es immer gefährlicher geworden, die Milizionäre und die Deutschen waren überall, sie durchquerten das Land und nahmen aufs Geratewohl Leute fest, der Bauer hatte ihm gesagt »Hier kannst du nicht mehr bleiben, du mußt in die Schule zurück«.

Man stelle sich den Bauern vor, Morand hieß er, in Handschellen, vornübergebeugt, im karierten, kragenlosen Hemd und der abgeschabten, ausgebeulten Hose, zum Wagen der Wehrmacht abgeführt, Frau und Töchter heulend hinter ihm her, und das alles seinetwegen, der sich feige und niederträchtig versteckt gehalten und sogar noch Zeit gehabt hätte, sich in die Schlucht hinunterzuhangeln. Die Vorstellung war so ungeheuer, aber auch so albern, daß er sich am liebsten aus sich selber herausgestampft und zertreten hätte. Dabei, unnützer Esser, hatte er wohlernährt sogar zugenommen, ungeschoren und wohlbehalten sein Überleben erschummelt. Von den Konzentrationslagern hatte er schon als Kind, als Neunjähriger, gewußt: Es war in der Küche des Elternhauses gewesen, eine große Küche mit einem Fenster, das auf den Garten zur Schöningstedterstraße hin öffnete, vor dem Spülbecken stand eine ältere, beleibte Dame, die er von hinten in Schürze mit der Schleife in Augenhöhe und der untergehenden Sonne auf gleicher Höhe hatte, vielleicht hatte er versucht, die Schleife aufzuziehen, sie hatte sich zu ihm umgedreht und gesagt: »Wenn du nicht artig bist, kommst du ins KZ«, und er hatte sofort, ohne je vorher das Wort vernommen zu haben, alles vor dem inneren Auge gesehen, wie es sein konnte, eine leere Heide vor einer unendlich langen Kiefernfront mit Stacheldraht davor und vielen grau angezogenen Menschen.

Durch Vermittlung des Vikars hatte ihn ein anderer Landwirt, auf der anderen Seite des Dorfes, aufgenommen und noch viel mehr als der erste vom Livrazhof riskiert. In seinem geräumigen Hof, hinter geschlossenen Fensterläden, hatte er, dank des katholischen Vikars, sogar eine ganze jüdische Familie bei sich untergebracht, von welcher der versteckte Knabe weder gewußt noch geahnt hatte.

Das Dorf war im September 1944 von Kämpfern der letzten Stunde befreit worden, die gerade noch den

Hund der beiden deutschen Soldaten, die das Dorf besetzt hielten, erlegt hatten. Der Beschuß und die Belagerung hatten die ganze Nacht angedauert. Dann verließen die Kämpfer, um nicht erkannt zu werden, vor Sonnenaufgang das Dorf, und die beiden Soldaten, die kein Telefon mehr hatten, fuhren mit dem regulären, mit Holzgas betriebenen Bus in die benachbarte Kleinstadt Sallanches herunter, um Verstärkung zu holen. Es wurde erzählt, sie hätten sogar Fahrscheine gelöst.

Eine ganze Mannschaft fuhr herauf, und beinahe wäre es zu einem neuen Oradour-sur-Glane gekommen – die ganze Bevölkerung sollte wie in Oradour samt Kirche verbrannt werden –, wenn nicht »General Schnaps« gewesen wäre, einer der beiden Landser, der plötzlich einschritt. Es waren sowieso die letzten Tage der Okkupation, und die versprengten deutschen Truppenreste versuchten, so gut davonzukommen wie möglich. Es war Mitte September 1944, Paris war schon seit einem Monat befreit.

Zwei Tage später wurden die Deutschen von den Amerikanern gefangengenommen, und »General Schnaps« durfte im Dorf als kriegsgefangener Straßenfeger arbeiten, von der ganzen Bevölkerung verwöhnt. Er scheint sogar auf Dauer im Dorf geblieben zu sein.

Und nun, es war der 17. September 1944, stand der Knabe da mitten auf der Abkürzung, mit den ungeheuren Kreisen der ausgebreiteten Landschaft um ihn herum, so groß, daß es Monate brauchen würde, alles durchzugehen und zu erforschen, was da an Dörfern, Wiesen und Bergen lag. Man konnte fast bis Chambéry, vierzig Kilometer weit weg, sehen und auf der anderen Seite bis Genf, jenseits einer Folge von sich ineinander verlaufenden Kuppen und Riffen, von den Schatten der Täler durchzogen.

Der Landwirt, bei dem er jene zweite Unterkunft gefunden hatte, hatte ihm gesagt: »Du kannst jetzt wieder ins Heim zurück.« Er hatte Abschied genommen und hätte am liebsten geweint, denn man war so gut zu ihm gewesen. Er ging, wie er gekommen war, mit leeren Händen und in geborgtem Hemd und Schuhen. Die Hose war seine, aber reichte ihm kaum über die Knöchel, die Socken waren wieder und wieder von der Bäuerin gestopft worden. Sie hatte sich gewundert, daß er so wenig besaß.

Das Internat hatte er in der Zwischenzeit völlig vergessen, es war ihm einfach aus dem Sinn gekommen, als wäre er da nie gewesen. Und nun lag es über ihm, ganz nah, wie es unter den windigen Wolken dahinzuziehen schien, als stürzte sich das Gebäude vornüber, felsenhoch, holzverschalt, balkonumgürtet, mit der kleinen Terrasse darunter und dem breiten Doppelfenster in der Mitte. Es blinkte in der Sonne. Vielleicht stand die Internatsleiterin, Fräulein Lucas, dahinter und schaute ihm zu, wie er hinaufkletterte.

Zum ersten Mal seit langer Zeit versuchte er, an das Innere des Internats zu denken, und fühlte sofort heraus, wie es in ihm immer noch stand. Alles kam wieder hoch, wie sich das abgerundete Holz des Treppengeländers in der Hand anfühlte, wie die Straße über dem Felsen hing und die Steinmauer im Dunkeln senkrecht herunterreichte. Man fühlte sich vom Gemäuer umschultert und hatte alles zugleich über sich, den ganzen Umfang des Gebäudes hatte man in sich als Körpergefühl; alle Stellen, die er so oft zur Abhilfe gegen das Heimweh angeschaut hatte, waren in ihm eingelagert, farbgenau, griffbereit, wenn Heimweh drohte: eine bestimmte Maserung oder ein Knoten im Holz. Es stieg ihn von unten an, krallte sich in ihm fest, genau unter dem Brustbein, dann ließ es nicht mehr von ihm ab, und er bog sich vor Schmerz, und die Tränen schossen ihm waagerecht aus den Augen.

Er hatte gelernt, gewisse Bilder einzudämmen und sie allmählich abzuschwächen, solche, die einen sich vor Kummer krümmen ließen: von oben, links, fällt der Blick auf Rasen und Bäume, bis nach rechts, wo der Himmel höher und weiter wird und vor dem die Schneeflocken schwarz treiben. Von unten kommt das Klavierspiel der Mutter oder Türenschlagen, dieselbe Stimme, die sich ändert, wenn sie sich entfernt oder wieder näher kommt.

Deckbilder zum Erinnerungsschutz, die man hereinlassen konnte: Es war 1938, einige Zeit vor der Abreise für immer gewesen, die Blindschleiche, die er gefunden hatte, der Vater hatte aus der Küche noch extra ein leeres Einmachglas geholt, um sie hineinzutun, die runde Form, durch die man hindurchsah, als hätte man trockenes Wasser in der Hand, welches in der Sonne blinkte. Die Blindschleiche war bestimmt nicht tot, stellte man sie in einiger Entfernung ans Laubfeuer, würde sie sich im Topf allmählich erwärmen, denn sie war vom Frost einfach steif geworden: Aber das hatte er verpaßt und später nur den leeren Einmachtopf gefunden.

Und das Schaben der Harke, das leise Rascheln der welken Blätter, das Knacken der Fahrradnabe; die Stimme der Mutter aber ließ er nicht an sich heran. Er konnte Bilder heranlassen und andere aus dem Gedächtnis wegstemmen. Es wunderte ihn, daß er, obgleich er doch kaum siebzehn Jahre alt war, schon so viele Bilder in sich hatte, so viele Empfindungen, Farben, Landschaften und Geräusche, daß er schon so viele Wege gegangen war und so viele Stimmen gehört hatte.

Er ließ sich, wie er da so stand, von Bildern durchziehen, aber vor allem von der sich unter ihm zugleich erweiternden und in der Ferne verjüngenden Talschaft. Auf beiden Seiten liefen die Bergkuppen aus, und ganz in der Ferne schloß sich das Tal trichterartig, als liefe es wie aufgesaugt in die fernen Berge hinein, die sich überschnitten und ineinander übergingen.

Von oben überschaute er den ganzen Weg, den er gegangen war; schon konnte man mit der vorgehaltenen Hand das ganze Dorf überdecken und den Zwiebelturm zwischen zwei Fingern durchscheinen lassen, und doch stand man noch nicht sehr hoch über der kurzen Waldkuppe, durch welche der Weg besonders steil anstieg. Dann aber, auf einmal, kam man auf der runden, waagerecht umgürteten Graskuppe an, da ging es sich dann so leicht, daß man sich vorkam, als flöge man auf.

Erst nach dem schmalen Bacheinschnitt wurde man vom Internat wie von einem Gebirgsriff, beinahe senkrecht, überragt. Es war so steil, daß man sich mit der

Hand abstemmen mußte und selbst die Kühe nur seitwärts stehend weiden konnten.

Und es kam ihm die Erinnerung an das Brotholen, vor einem Jahr, bevor man ihn versteckt hatte, wie leicht es ihm nach dem Tragen war, wenn er den Rucksack abgeschnallt hatte. Er fühlte sich dann befreit wie Max und Moritz, nachdem sie sich durch den gebackenen Knust durchgefressen hatten.

Wolkenschatten überliefen die Bergkuppen und Abhänge, verschwanden wieder: Man wunderte sich, daß sie so schnell eine ganze Gegend durchziehen konnten, für die man selber Tage gebraucht hätte. Auf einmal, es war doch ein ganz gewöhnlicher Wochentag, fingen die Glocken zu läuten an, ein erster kurzer Schlag, wie aus Versehen, ein zweiter, und dann, nach und nach, wummerte das Schlagen all der Glocken des Kirchturms durch das gesamte Tal und hörte nicht mehr auf. Es war wie die Stimme der Landschaft, und er setzte sich hin und hörte mit, es trug ihn über die weiten Lande Frankreichs. Es waren die Glocken der Befreiung.

Jenes Land, an dessen Rand er nun saß, unweit der italienischen Grenze, hatte ihn aufgenommen, geschützt, bei diesem Glockengeläut fühlte er, wie es in ihn hineingewachsen war, auf den Karten war es rosa oder violett, das ruhige Hexagon, das er nachzuzeichnen gelernt hatte und nun auswendig konnte, und auf einer Weltkarte sah man überall Ausläufer davon, in Afrika, in Asien, Flekken, wo man sich in Sicherheit fühlen konnte, hatte doch Frankreich überall die Sklaven befreit und Schulen gegründet und die Menschenrechte eingeführt.

Von der Geschichte des Landes hatte er die Vignetten im Geschichtsbuch bewundert: die Heilige Genoveva, die Paris vor den Hunnen schützt, der Heilige Ludwig, der König, der unter der Eiche Recht spricht, die Heilige Jeanne dArc, die gegen die englischen Okkupanten kämpft, oder Ludwig der XIV. mit seinen Ministern und am Ende Louis Pasteur, der die Impfung gegen Tollwut erfindet, und Savorgnan de Brazza, der im Namen Frankreichs die Sklaven befreit.

All diese Bilder hatte er, bevor man ihn im Bauernhof versteckte, immer wieder in den Geschichtsbüchern der Mitschüler angeschaut, wenn er nachsitzen mußte und zur Strafe eingeschlossen wurde. Er hatte auch Bilder von Dörfern angeschaut, wo berühmte Dichter oder Generäle geboren waren, leere, gepflasterte kurze Straßen mit niedrigen Häusern. Er konnte auch Chansons von Charles Trénet oder Edith Piaf, und wie jeder junge Franzose hatte er heimlich auf dem Klo verbotene Abenteuergeschichten gelesen und wußte alle neunzig Departements mit Präfekturen und Unterpräfekturen auswendig.

Und nun war Hoch-Savoyen endgültig befreit, es war am 14. September 1944 gewesen, einige Tage zuvor hatten die Amerikaner Annecy befreit. Als Allard, der zweite Bauer, bei dem er untergebracht war, das erzählte, kam dem Knaben der See wieder vor Augen, an den er einmal, 1939, gefahren worden war, die ganze Zeit hatte er kein einziges Mal mehr daran gedacht, und es hatte ihn überrascht, daß man Bilder in sich behalten konnte, ohne davon zu wissen, unter der Oberfläche der Gedanken: Es war eine silberglänzende, völlig glatte Fläche gewesen, die da zwischen gezackten Bergrücken gelegen hatte, unter fahlem, hohem Himmel.

Die Angst war von ihm abgefallen, die Angst, die einem den Körper verdreht, von innen, abgefallen, ohne daß er es recht gemerkt hätte. Die Glocken klangen, als sollten sie die Erlösung bestätigen. Während der Befreiungskämpfe hatte er sich geschämt, daß er sich für wichtig genug hielt, daß man noch als Flüchtling von »minderwertiger Rasse« nach ihm fahnde.

Auch in diesem anderen Bauernhof, am Glapettälchen, hatte der Bauer, Herr Allard, ihn empfangen, als sei er ein alter Bekannter und gehöre zur Familie, nur nach draußen hatte er zwei Monate nicht gedurft, damit keiner von ihm wisse. Immer wieder war ihm das Bild der Verhaftung gekommen, wie er in Handschellen abgeführt wurde. Bei diesem Gedanken überkam ihn jetzt jedesmal das Lachen, so grotesk war es, und alles seinetwegen! Denn Allard hatte auch zwei Töchter und einen Sohn, ein wenig jünger als er, der ihn stets mit erstaunten Augen ansah, da er sich auf keinen Fall draußen sehen lassen durfte und ihm immer wieder gesagt hatte, als habe er alles verstanden: *faut pas que tu sortes, faut pas que tu sortes:* Du darfst nicht raus.

Es überkam ihn der Ekel, als wolle er sich von sich selber abschütteln, er schämte sich, so lange unentwegt Angst gehabt zu haben; er war wie abgedrängt von sich selbst, immer mit der Angst bis an den Lippenrand. Tierisch aufmerksam, fluchtbereit, nur rattenhaft mit Durchzwängen, Durchschlüpfen, Durchschlängeln, Durchmogeln beschäftigt, nur nach freien Wegen spähend, zu jedem Anflehen und Anbetteln bereit, jeder Feigheit, jeder Niederträchtigkeit fähig, nur um am Leben zu bleiben. Und doch, als einmal junge Widerstandskombattanten auf dem Weg nach Beaufort, wo sich große Kämpfe vorbereiteten, sich in der Küche von Allard ausgeruht hatten, war er sofort bereit gewesen mitzugehen, um zur Befreiung seiner neuen Heimat beizutragen: Er wäre stolz gewesen, ein Gewehr zu schultern. Auf dem steilen, von Unwettern ausgehöhlten Bergweg hätte er sich wackeren Schrittes klettern gesehen und seine eigene Jugendlichkeit, seine zarten Züge, sein weicher Körper in der räudigen Kleidung hätten ihn vor Selbstgefälligkeit berückt, vielleicht hätte er geholfen, die radgroßen Beaufortkäse zum Zeltlager hinaufzutragen.

Im Radio des »Freien Frankreichs« aus London, das man trotz der Störgeräusche der deutschen Okkupanten hören konnte, war schon von Les Glières die Rede gewesen, es war ganz in der Nähe. Jemand war vorbeigekommen und hatte, draußen stehend vor dem offenen Fenster, von den jungen Leuten erzählt, die im Mai in Annecy erschossen worden waren. Sie waren auf dem Hochplateau zwischen den Berggipfeln gefangengenommen worden. Die ganze Nacht waren sie, ein paar Hundert, nach der Belagerung durch den tiefen Märzschnee gestapft in der Hoffnung, sie würden der Übermacht der Deutschen, mehr als 6000 Mann, und der pétainistischen Verrätermiliz entkommen. Übermüdet waren viele von ihnen im Morgengrauen von den Felsen gestürzt und der Miliz in die Hände gefallen.

Er stellte sich vor, wie sie in der Todesangst das Kurven der Lastwagen hörten, wie sich das Geräusch in der Walddichte verengte und sich erweiterte, wenn der Straßenrand sich zur Talseite hin öffnete, wie sie mit belegter Stimme einander zuflüsterten und an die Eltern dachten, an den Küchentisch, vielleicht, mit dem geblümten Wachstuch. Dann waren sie über die Avenue d'Albigny nach Annecy hineingefahren worden und hatten vor dem Tod nur noch Dunkles zu sehen bekommen. Dabei war für ihn Annecy eine lichthelle Erinnerung an eine weite silberne Wasserfläche zwischen Bergen, die blau und hellgrau in der Ferne ausliefen.

Die Deutschen und die Miliz hatten Wichtigeres zu tun, und doch, als die Deutschen ins Dorf zurückgefahren waren, hatte ihn der Bauer in eine Grotte gebracht, die keiner kannte, in die man zwischen den Schluchtfelsen hinunterkraxeln mußte. Nach einiger Zeit war der Bauer wieder erschienen, diesmal mit einem älteren Mann in Windjacke, Bergschuhen und Wickelgamaschen, ein wichtiger Offizier der Résistance, der auf der Durchfahrt beinahe den Deutschen in die Hände geraten wäre und der, als der Knabe zu schnattern anfing, einfach den Finger auf die Lippen legte und ihn so sofort zum Schweigen brachte. Er hatte den ganzen Tag lang nichts als die braugrauen Stämme gesehen, die wie dicke Stäbe vor der Grottenöffnung standen, und jetzt, wo doch die Gefahr seit langem vorbei war, standen sie ihm immer noch vor den Augen.

Nun ging er durch das Dorf ins Internat zurück, in die entgegengesetzte Richtung, alle paar Meter drehte er sich wieder um, um zu versuchen, die trockene Angst von damals, vor drei Monaten, nachzuempfinden, eine Todesangst, wie diese jungen Leute sie auch empfunden hatten, nur daß er für niemanden gekämpft hatte, mit der so bequemen Entschuldigung, er sei zu jung dazu gewesen, andere aber waren als Sechzehnjährige hingerichtet worden.

Das letzte Mal, als er jenen Laden oder die kleine Steinbrücke über den Bach gesehen hatte, war er mit sich alleine gegangen, er, ganz oben im Kopf, als gehöre der Rest nicht zu ihm, alles untere war ihm fremd, ging nur unter ihm mit: das sollten die zwei deutschen Soldaten nicht merken, die ihm entgegengekommen waren. Sie schauten nicht einmal nach ihm, so daß er fast enttäuscht war, dann aber war die Angst gekommen, die infame, die abscheuliche Angst, bei welcher man sogar die eigene Mutter zu opfern bereit ist, nur um sich das Leben zu retten, die Angst, für die er sich lebenslang schämen würde. Und nun war er sie auf einmal los, und den Häusern, dem Straßenbelag, dem Bach merkte man nicht einmal an, daß man keine Angst mehr zu haben brauchte.

Er ging den Weg wieder zurück, den er mit vor Angst steifen Beinen vor zwei Monaten aus der anderen Richtung gekommen war. Auf dem Dorfplatz zwischen Kirche und Apotheke waren die Leute gegangen, irgendwie, als ob es keine Okkupation gegeben hätte, als ob alles wie sonst wäre, und dabei hatte er in Todesgefahr geschwebt, und niemand hatte etwas davon gemerkt, man sah es ihm nicht an, ab und zu schaute ihn ein Passant an, der auf ihn zuging, die Dorfstraße hatte trotz der Bedrohung wie immer ausgesehen; zwei deutsche Soldaten hatten sich

Äpfel gekauft und ihn nicht einmal bemerkt, und doch, wenn sie gewußt hätten!

Nach den kleinen niedrigen Häusern kam der Dorfplatz mit der Kirche und dem granitenen Bürgermeisteramt, die sich gegenüberstanden, da war der Himmel besonders weit, es verliefen sich die Wege und Straßen in alle Himmelsrichtungen. Am Eingang des Platzes stand die alte Stadtfestung mit ihrem runden Turm, der sich auf sich selber aufzustützen schien, breiter unten als oben, von weitem sah er aus, als sei er jemand, der schon seit Jahrhunderten am Dorfeingang wartete.

In einem kleinen vergitterten Kasten befand sich in einer Nische, unter Glas, ein Luftdruckmesser mit einer Papierrolle, die sich in zwei Tagen zur Hälfte um sich selbst drehte, so daß man sich nach dem Wetter des Vortags erkundigen konnte. Zum ersten Mal hatte er nun Zeit, sich die Feder anzusehen, die auf der leicht orangefarben quadrierten Papierrolle einen verzitterten Strich hinter sich ließ. Er brauchte sich nicht einmal mehr umzusehen, ob man hinter ihm her war.

Er ging an den Läden, am Kino vorbei, und auf einmal lag die ganze Berglandschaft vor ihm in voller Wucht, jeder Hang über dem vorherigen, treppenartig übereinandergestürzt, jeder ein wenig hellgrüner als der untere.

Und er stand nun da, den Kopf leicht im Nacken, so hoch lag das Internat. Er hatte die Abkürzung genommen, deren letzter Teil den Wiesenabhang schnurgerade durchzog bis zur Straße, die man oben kurz zum Internat zurückging, er war sie vorher so oft gegangen, daß er jede Einzelheit davon in sich hatte. So kletterte er bis zur Straße hinauf, schaute zum Balkon hin, ob da jemand stand und ihn beobachtete, und ging die ganze Front des Heims entlang. Man hatte zur Straßenseite das riesige Wellblechdach neben sich, und jenseits dann die ganze Talweite.

Er wollte nicht gleich ins Internat zurück, man würde ihn nicht wegen seiner Verspätung bestrafen, da doch keiner, nicht einmal die Direktorin wußte, daß er wieder da war. Der Bauer hatte kein Telefon und die Internatsdirektorin nicht benachrichtigen können, so hatte er den ganzen Morgen für sich.

Der Hunger würde ihn schon rechtzeitig ins Haus treiben. Er würde nun nicht mehr so viel zu essen bekommen wie bei Allard, im Internat wurde mit Essen gespart, und es würde ihm um die Omeletts, die vielen Bratkartoffeln, den Schinken, den er beim Bauern bekommen hatte, leid tun, fast wäre er gern als Verfolgter noch da geblieben. Kaum Schöneres hatte es gegeben, als das leicht angebrannte, braun überzogene Gelb der Omelettkruste, unter der es leicht flüssig noch so wundervoll im Mund zerging, und mit vollem Munde fühlte man sich wohl. Trotz der den Körper lähmenden Angst hatte er es bei dem Bauern so gut gehabt, und der kalte Schweiß kam ihm beim Gedanken, daß er sich beim Abschied nicht einmal richtig bedankt hatte.

Tränen stiegen ihm in die Augen, eine Verzweiflung über sich selbst, er war also doch ein Undankbarer, ein Böser, ein Lügner, wie man es ihm so oft wiederholt hatte, er hatte immer alles falsch gemacht und immer gelogen, das Lügen war ihm wie angeboren, er konnte nicht anders, und doch log er die anderen nur an, um sich für einen auszugeben, der er nicht war, damit man ihm nicht ansehe, daß es er war. Sonst hätten ihn die Deutschen mitgenommen. Es war wie ein Heimweh nach dem gerade verlassenen Bauernhof, er fürchtete sich vor der Rückkehr ins Internat, das er doch seit den fünf Jahren, die er dort verbracht hatte, so genau kannte.

Sonderbar, die letzten Monate war es ihm völlig aus dem Sinn gekommen, wie er bestraft worden war; er hatte sich nicht mehr daran erinnert, und auf einmal kam es ihn an wie eine Erregung, als ob er sich danach sehnte, als ob er dadurch wieder mit sich selbst Bekanntschaft machen würde.

Es war kurz bevor er auf den Bauernhof gekommen war, als Fünfzehnjähriger, bei leicht bewölktem, hellem Himmel, vielleicht war es wegen des Lateins gewesen, er war auch frech gewesen. Er hatte zur Strafe kein Mittagessen bekommen, und am Nachmittag wurde er mit selbst vorbereiteter Rute gezüchtigt, es war, das wußte er, »reichlich verdient«. Er hatte sich ins steile Wäldchen unter dem Haus heruntergehangelt und sich selbst die Haselgerte gebrochen und achtgegeben, daß sie auch zog. Er war langsam hinaufgegangen, ihm war bange gewesen, aber in ihm war ein gestaltloses, stummes Bild, eine Nacktheit, die in ihm stand, zu ihm gehörte, er selber war. Noch nie hatte er alles derart im Auge behalten, jeden Grashalm, jeden Zweig, er war sich in Gedanken nachgegangen, wie er die Tür aufgemacht hatte, die Treppe hinuntergeschritten, durch den Studiersaal, wo die anderen standen und alle den Kopf zu ihm hinwendeten, wie er den großen Herrn gespielt hatte und sie von oben her angeschaut hatte, obgleich er in sich selbst vor Scham erstarrt war, und sie hinter der Glastür alles mitbekommen würden, sein feiges Beteuern und Betteln, seine weiße Form dann, das Aufklatschen der Gerte und endlich sein Geheul. Es war ein fast vertrautes Selbstbild geworden: Sollte ihm im Leben nichts Schlimmeres passieren, dann war ja alles gut.

So verzögerte er noch ein wenig die Ankunft und setzte sich ins Gras, und auf einmal fühlte er, wie es ihm trotz der leisen Bangigkeit so leicht wurde, eine eng zusammenzementierte Form, die ihn eingemauert hatte, fiel von ihm ab, als hätte man sie von oben bis unten aufgeschnitten. Er konnte auf einmal frei atmen.

Die ganze Zeit, als man ihn versteckt gehalten hatte, hatte er fast nur gehechelt, kurz, von oben hinauf, er war wie in einer ihn einzwängenden Rüstung eingegossen gewesen, ein Panzer mit Bruststück hatte ihn umschlossen, und bei jedem Schritt, jedem leisen Geräusch war er mit schlagendem Herz jedesmal aufgeschreckt; keine Sekunde lang hatte die Drohung von ihm abgelassen. Die ganze Zeit hatte er kaum frei zu atmen gewagt, als wüßte er schon im voraus, von immer her, um Mitleid zu erwecken, wie sich das Hecheln eines Verfolgten anhört, damit man sich seiner annehme.

Ihm wurde bei diesem Gedanken fast übel: Er gehörte doch zu den »Schnellen«, den Ruhelosen, den Bedrängten, die es eigentlich gar nicht geben sollte, die immer laufen müssen und die man, mir nichts, dir nichts, am

Waldrand mit der Axt erschlägt und irgendwo verscharrt: Ob er in längst vergangenen Zeiten auch so armselige Trödler als Vorfahren hatte, die über Täler und Berge gingen, stets in Gefahr, überall nur geduldet, und die nichts im Kopf hatten, als ihre Kinder durchzubringen, in der Hoffnung auf gerechtere Zeiten?

Eine nie gekannte Heiterkeit stieg in ihm auf, er war frei, er brauchte sich nicht mehr ernst zu nehmen und konnte von nun an wieder Zuschauer haben, beim grotesken Selbstspektakel, wie damals, wenn er mit nacktem Hintern unter der Rute schrie und tanzte. Und jetzt schämte er sich trotz der Freude, am Leben zu sein, es war albern, wie er da mit sich selbst durch die prachtvolle, unendliche Landschaft dahinwirtschaftete, was hatte er da überhaupt zu suchen? Solche wie er verdarben die Landschaft, und man konnte nur froh sein, daß solche wie er sie noch nicht aufgekauft hatten, um sie noch teurer zu verkaufen.

Im Laufen, auf der Flucht vom Internat zum Bauernhof, letztes Jahr im Oktober, trotz der Angst, hatte er sich Stellen zum Ansehen gemerkt. Er hatte sich vorgenommen, wenn er heil davon käme, das alles später einmal zu erforschen. Es kam ihm wieder, wie er sich damals von der Landschaft hatte abstehen gefühlt, als sei er fehl am Platz. Seine Vorliebe für schöne Landschaften würde man ihm nie glauben. Keine Einzelheit war ihm entgangen: hinter dem Weiler Le Planellet, am Ende der Hochebene, am Bachrand wuchs jede Birke wie für sich aus dem trokkenen Grasscheitel heraus. Da hätte man sich hinsetzen können, und durch das Zweigengewebe hätte man Bergansichten vor dem Blick hin und her ziehen lassen. Er aber, der Zuviele, durfte das nicht, er mußte hetzen und fühlte dabei den ganzen Körper, den er anhatte, der da so mitkam. Es standen Bretter an einen Baum gelehnt, schon ein wenig zeitgrau mit einem schrägen Schatten darunter, ein altes Fahrrad mit einer neuen Klingel an der Lenkstange rostete auf einer Wiese, abgestellt. All das war für die anderen, die Normalen gewesen, nicht für ihn, den es nicht hätte geben sollen.

Ein Gedankentaumel erfaßte ihn, wie er da stand. Die ganzen Monate lang hatte er nur auf Kopfspitze gelebt, mit so wenig Gedanken wie nur möglich, und jetzt schwirrte in ihm alles durcheinander, es gab so viel zu erinnern und wahrzunehmen, jetzt, wo alles um ihn herum wieder weltgroß wurde.

Im Dorf bewegten sich die Passanten nun wie befreit, als wären sie eine Last losgeworden, sie gingen nicht mehr besorgten Schrittes. Die Okkupation, wie er erst jetzt feststellte, hatte alles verlangsamt, alles erdrückt und mit einer undurchdringlichen Schicht überdeckt.

Einige Ladeninhaber oder Einwohner kannte er von vorher, manche sahen nun anders aus, als wären sie auf einmal gewachsen. Die Landschaft hatte sich zurechtgelegt, war wieder sichtbar geworden, aufgetaut, wie in sich selbst zurechtgerückt. Frankreich war wieder frei, die Zukunft konnte beginnen! Alles in ihm war bereit, alles, was er zu sehen bekommen würde, gab es schon, Städte und Seen und Berge, die Häuser, in denen er wohnen würde, und alle Menschen, die er treffen würde.

Der Straßenbelag war an den Rändern ausgefranst und

löste sich in kleine Steinchen auf. Er stand nun genau an der Stelle, wo der Wagen der Wehrmacht mit heruntergelassener Windschutzscheibe gehalten hatte, der angefahren kam, ihn abzuholen, samt Bruder und Zubehör, wie ein Sack oder wie Kehricht, der abgeschafft, beseitigt gehörte, vertilgt, ausgejätet, vergast, und trotzdem war er noch da, ein Esser zuviel, den keiner brauchte, für den nichts vorgesehen war und der die Portion der anderen schmälerte. In ihm stieg ein stummes Lachen auf, »Ich bin wieder da!« erschall es in ihm wie ein Hohn.

Er war noch am Leben, und so viele andere waren umgekommen, die Scham stieg in ihm auf und hob ihn unter den Achseln in die Höhe wie ein Kran, der einen riesigen, bauchigen schweren Ballon hievte, auf dem man lesen könnte: ICH BIN EIN LEBENSSCHMAROTZER. Er hätte sich am liebsten mit der Selbsthaubitze in den Morast geschossen und wäre da mit den Füßen nach oben steckengeblieben, so hätte er sich wenigstens nicht zu schämen brauchen. Oder Koffer wäre er gerne gewesen, verkoffert, zugeschnallt, ledergeflankt würde er in quadratiger Selbstform nicht mehr so herausragen, herumgetragen werden, mit Einsatz, zweimal er selbst mit Handgriff dazu, von Handwärme umfaßt. Ab und zu stieße er an oder scheuere an den Wänden, und am Ende würde man ihn oben auf den Zimmerschrank legen, und er würde alles mitbekommen: das Ein und Aus, das Geglitsche, das Stöhnen und die Worte, mit schaler Zunge gesprochen. Oder man selbst, als winziger Punkt wie jeder andere von allen Seiten sichtbare Körper mit seinem »Gesichtserker«, den schwarzen Punkten in der Haut und allem, was es so in einem Gesicht zu sehen gibt, und darunter das stinkende, schwitzende und lustig-infame Gehängsel, ein zweites Jemand bestätigt, während einem so alberne Bilder in den Sinn kamen.

Und wie er damals die Gegenstände beneidet hatte, wie frei sie waren, gebrauchsfertig, nützlich: Stuhlsein, das wäre was für ihn gewesen, vierbeinig, sitzfertig, Sitzgelegenheit mit Polsterung, bequem, so daß man sich seiner erfreue, weich und doch fest, und dabei die Wärme des Sitzenden auf sich lasten fühlen, unsichtbar aufgehoben, fleischgeschützt. Als Stuhl in der Ecke gestanden, ein holzkantiges Warten am Tisch zum Sichdaraufstützen. Oder auch: Man ist vorbauchende Selbstkommode mit Schubladen und Täfelung, ein Plumpstehen vor Tausenden von Zuschauern der Heimweholympiaden, dazu splitternackt, auch noch den Kopfsprung ins Selbstbecken mit Schenkelklatschen vollführend. Er fühlte sich stangenhaft in sich selber hinuntererreichen, von oben bis unten bewimpelt, beflaggt, gehißt. Am liebsten hätte er sich an den eigenen Knöcheln in die Luft gezogen und weggeschossen, pumm, und doch war die Lebensfreude noch größer, noch stärker, noch grotesker.

Schließlich war er auch so ein Leib, dem man das Stehen ansah, mit all dem aufeinandergeschichteten Fleisch an ihm, es war so ungemein albern: beim Existieren ertappt zu werden, wenn nicht beim anderen, wie so oft schon, wenn die Aufseherin die Bettdecken zurückschlug, man handfertig dalag und sich darüber kaum noch schämte. Und die Scham war so groß gewesen, daß sie sich zum Selbstschutz strumpfartig in Wollust, in Begeisterung umgestülpt hatte; er hatte die Scham in sich eingewoben, gefestigt.

Das Freudig-Groteske des Seins war es und daß alle einen dabei sehen konnten, das war so haarsträubend, daß einem dabei das Schwitzen kam.

Dazu war man in einen Beliebigen hineingesteckt worden, der man genausogut hätte nicht sein können und den man lebenslang mitschleppen mußte. Das Schlimme daran war, daß man ihn immer für den hielt, in dem er war. Er hing in sich hinein wie an einem Haken, der an ihm selbst festgemacht war. Und nun würde er sich sein ganzes Leben lang irgendwo hinstellen, -setzen und -legen, und man würde ihn immer für den halten, in den er hineingetan worden war, unverwechselbar, und dabei war er es womöglich gar nicht. Immer in Selbstbegleitung, ohne je von sich ablassen zu können, das war es, wogegen er sich vergeblich zu stemmen versuchte, am liebsten mit einer auf dem Kopf fixierten und im Wind und beim Gehen auf Hochmast wippenden Beschilderung in Großbuchstaben: »ICH BIN ES NICHT«.

Vielleicht brauchte er jetzt nicht mehr, zur Sicherheit, so zu tun, als freue er sich nicht, und er konnte auf Entdeckungsreise gehen, trotz aller Ungehörigkeit seines Überlebens. Zugleich hätte er sich am liebsten im Gully unter der Straße versteckt und wäre doch vor Begeisterung, noch dazusein, am anderen Ende in die Luft gesprungen. Manchmal überkam ihn das Kichern beim Gedanken: »Ich bin immer noch da!« Und dann wieder lief es ihm kalt den Rücken herunter, daß er so weitermachte, obgleich man ihm ganz zu Recht Lebensverbot aufgesetzt hatte, bestimmt auch wegen seiner »Abendspiele«.

Denn damals schon waren die Gerüchte bis zu ihm auf den entfernten Hof gedrungen: Jeder wußte davon, Greise, Kinder und Frauen waren in Lyon in Viehwagen eingepfercht und in unermeßliche Fernen gebracht worden. Er hatte es doch selbst gesehen, im Oktober 1943 im Dorf, wie ein untersetzter deutscher Beamter im grünen Ledermantel die älteren Leute in einen Lastwagen einstiegen ließ, wie sie nacheinander unter der Plane verschwanden. Er hatte deutsch mit ihnen geredet und sehr freundlich den älteren Damen beim Einsteigen geholfen, wo er doch genau wußte, daß er sie in den Tod fahren werde.

Er selbst hätte auch mitgenommen werden sollen, aber man hatte ihn versteckt gehalten, gerade ihn, der ins Bett machte, jedem im Wege stand, zu nichts gut war, der verlogen und heuchlerisch jedesmal wie ein Mädchen flennte und bettelte, wenn man ihn, wie er es verdiente, ein wenig strafte, und gerade er war es gewesen, den man nicht gefunden hatte, obgleich man gekommen war, ihn abzuholen. Man hatte ihn übersehen, war ihm zwar begegnet, hatte ihn aber nicht erkannt, er sah nicht danach aus oder war als zu unbedeutend erachtet worden, ein junger schlottriger Knabe.

Ob er es sich jetzt leisten konnte, sich einiges aus der Vergangenheit vorzuspielen? Das Haus, die Eltern, die backsteinrote Reinbeker Kirche, den Bahnhof, das lange niedrige Etagenhaus, wo sein Freund Günter wohnte, mit der Außentreppe, die zu ihnen in die Küche führte, mit einer Holzgalerie davor. Es waren Bilder, die nicht mehr zu ihm gehörten, er hatte sie weggeblendet. In ihm führten hellsandige Wege anderswohin. In Norddeutschland, wo er geboren wurde, waren sie dunkelerdig gewesen, lehmig, festgetrampelt, hier liefen sie mit einem weglangen Grasstreifen in der Mitte durch Wiesen und Täler.

Auf einmal war es, als ob die ganze Landschaft flachgestrichen würde, es herrschte eine atemlose Stille: Die Glocken hatten aufgehört. Es war Föhn, Südwestwind, es würde wieder ununterbrochen regnen und er kaum hinauskönnen: Gegen den schweren, hämmernden Gebirgsregen hatte er nichts außer der Skijoppe, aus der er herausgewachsen war und deren Ärmel viel zu kurz waren. Der Bauer hatte ihm immer mit Jacken aushelfen müssen, und vor dem Geruch des anderen und dessen leerer Form im Stoff hatte er sich geekelt und beim Anziehen die Augen zugedrückt.

Ob man noch für ihn aufkommen würde, er sah sich durch das Dorf durchbetteln. Was würde sein, wenn man ihn im Internat nicht mehr haben wollte, wenn Fräulein Lucas ihn vor die Tür setzte? Alles wäre besser als das, sogar das Bestraftwerden wünschte er sich herbei. Ob sie ihn trotz seiner bald siebzehn Jahre noch mit der Rute züchtigen würde? Auch das hatte er die ganze Zeit von sich weggedrängt. Es durchzuckte ihn, wieder erlebte er sich, er hatte nie mehr daran gedacht, wie er vor über einem Jahr, als Fünfzehnjähriger, nur mit dem kurzen

Strafhemd bekleidet, gewimmert und geheult und sich gewunden hatte auf dem Hocker, ausgestellt vor aller Augen, und trotzdem nicht klein beigegeben. Er schloß die Augen und fühlte den ganzen Umriß seines Körpers, wie er sich selber enthielt, in sich stand, eine Verwirrung überkam ihn, eine Erregung, wie er sie kaum mehr empfunden hatte: Vielleicht erwartete ihn wieder ein Abenteuer des Körpers, wie schon oft erlitten, aber nie erlebt. Er sehnte sich danach, ein Taumel ergriff ihn, als sollte Vergangenes Zukunft werden.

Es war eine unwiderstehliche Versuchung: Er mußte es wiederhaben, das war es, was er so brauchte, den Schmerz wollte er wieder fühlen, wie es an ihm kochte und brannte, schreien und weinen wollte er, sich wieder hören, wie unvorstellbar, übergroß das Leiden sein würde, ein Stechen wie von Tausenden von Wespen. Abends, nach der Strafe, würde er alles an sich selber nachvollziehen, den eigenen Fingern ergeben. Alles Versäumte tat sich auf, er brauchte sich nur anzubieten, er brauchte sich nur ein klein wenig mit Fräulein Lucas anzulegen, und sie würde zur Rute greifen, dessen war er sicher. Er trug sich steinhart an sich selber fort; eine Begeisterung, von der er nichts verstand, war in ihm, er würde alles mitknipsen, und auf dem Foto wäre der ganze Vorgang abgebildet. Und es kam ihm ein noch nie gedachter Gedanke wie eine plötzliche Erleuchtung, über dessen Kühnheit er sich wunderte: ob das alles nicht ein Weg zur Selbstentdeckung, zum Kennenlernen seiner selbst, eine Art Triumph sein könnte.

II

Das Gefühl der *Ausdehnung* und *Einschränkung* unsers Wesens drängt sich in einen Moment zusammen, und aus der vermischten Empfindung, welche dadurch erzeugt wird, entsteht eben die sonderbare Art von Wehmut, die sich unserer in solchen Augenblicken bemächtigt.

Karl Philipp Moritz, *Anton Reiser* (Zweiter Teil)

Von der Straße bog er in den steilen, kurzen Pfad ein, der zur Internatstür führte, den auch die Deutschen gegangen waren, die ihn abholen kamen. Nur einmal hatte er ihn in der Zwischenzeit betreten, als er von einem Versteck ins andere mußte.

Jetzt, im September 1944, war alles ganz anders. Er konnte in freien Zügen atmen, und das Brett, das ihm damals vor die Brust genagelt war, war von ihm abgefallen. Der Weg durchschnitt den Abhang, und die unendliche Weite des Tals sah man nur noch zwischen Zweigen und Tannenspitzen. Vor sich, ganz oben über dem grünen Bergabhang, bis in den Himmel hinein, hatte man die hohe holzverschalte Wand des Internats. Ein Gebirgshaus wie jedes andere, nur größer, und man sah ihm nichts an.

Die Erwartung verlangsamte seinen Atem. Was war über ihn bestimmt worden? Man verfügte über ihn, er hing von den Entscheidungen anderer ab, vielleicht würde man ihn in eine Anstalt bringen, nicht mehr hierbehalten wollen, da man alles über seine lasterhaften Gewohnheiten wußte und von Schlimmerem noch, damals auf dem Dachboden, jenem riesigen, wie umgekippten Schiffsrumpf, wohin man ihn mitgenommen hatte und er sich für einen Riegel Schokolade als besonders mundbegabt erwies, sein Zungenschlag, und wie er die Lippen rundete und sich das Gesicht bespritzen ließ, machten ihn sogar beliebt. Sollte er vielleicht deshalb in eine Strafanstalt? Keiner wußte zum Glück davon, er aber war, wenn man ihn bloß behalte, zu jeder Unterwerfung bereit.

Von Strafheimen und Zuchthäusern hatte er schon viel reden hören, von englischen Boardinghouses, wo es ganze Strafeinrichtungen für Knaben gab. Nackt wurden sie an Strafböcke angeschnallt und ausgepeitscht, *penal whippings* hieß das. Er stellte sich vor, wie er mit zwei anderen – warum brauchte er denn immer Zeugen für sich selbst? – zur Strafkammer abgeführt wurde, wie sie durch lange, gekalkte Korridore mit kleinen Fenstern in tiefen Leibungen gingen. Sie sollten für die Strafe vorbereitet werden und die an beiden Seiten von oben bis unten offene Strafkutte anziehen, er fühlte schon das rauhe Zeug an der Haut scheuern. Auf den Strafblock geschnallt, wird ihnen die Strafkutte bis über die Schultern zurückgestreift, und bald hört man sie flennen und betteln und wimmern und heulen durch die ganze Anstalt, und in den anderen Schülern steigen sonderbare Empfindungen auf. Und nachher erzählen die Bestraften verwirrt und fast stolz von ihrer Strafe. Er hatte einmal von einem vierzehnjährigen englischen Jungen gelesen, der, nachdem er ausgezogen worden und auf den Strafbock geschnallt vom Gefängnishenker mit zwanzig ungemein scharfen Rutenhieben gezüchtigt worden war, bemerkte, und die Worte hatte er genau so behalten, wie er sie gelesen hatte: »*... my cries now becoming more of a continuous moan. But when it was over, though my tail was much swollen,* *and I was still moaning a little, I was surprised how sound I otherwise felt.«*

Jemand hatte ihm einmal gesagt, daß in Bétharram in den Pyrenäen die fünfzehn- bis neunzehnjährigen Schüler von den Priestern, je nach Strafbuch, wöchentlich nackt ausgepeitscht wurden. Auch in Cruseilles, ganz in der Nähe, unweit von Annecy, waren die Patres sehr streng mit den größeren Schülern, die für jede schlechte Zensur zwölf Gertenhiebe auf den entblößten Hintern bekamen.

Auf dem Livrazhof, wo er den ganzen Winter verbrachte, hatte er viel von Heiligen gelesen, die ein Bußgewand aus Ziegenhaar trugen und sich daran wundscheuerten, die sich selber die »obere Disziplin« gaben und sich die »untere« von einem Novizen verabreichen ließen. Nur durfte er jetzt, wo er doch wohlauf, heil und gesund war und ihm nichts mehr zustoßen konnte, keine Heiligenbilder mehr, als Ausrede, in sich aufsteigen lassen.

Es war sein Abendspiel gewesen: Er lag da im hohen Bett auf dem Strohsack unter den dicken warmen Dekken, in der so tiefen Dunkelheit der Winternacht, so tief, trotz des Schnees, daß man nicht einmal das kleine Rechteck des Fensters wahrnehmen konnte. Wenn der Wind zwischen den Planken und Balken zog und man ihn zischend oder tief, heiser oder hell singen hörte, dann wiederholte er sich die Geschichten, die er in den frommen Heften des Bauern gelesen hatte: Er war einer jener jungen Märtyrer, die man nackt an Tore nagelte, aufhängte oder in riesigen römischen Theatern den Löwen vorsetzte, und er sah dabei den Mond aufsteigen und die Wolken vorbeiziehen.

Sollte er doch von den Deutschen deportiert werden, würde er sich durchgeistigt, ein Muster der Erbauung für alle, dem Herrn opfern, welch ein erhabener Tod. In alle Meßbücher wäre ein kleines Bildchen mit seinem Porträt gesteckt worden.

Er schüttelte sich vor Scham über einen solchen Gedanken, er war doch nur ein nichtswürdiger Profiteur.

Lieber spielte er jetzt mit sich selber den »schweren Jungen«, den der Wächter gerade mit einem anderen zur Strafe abführte. Beide waren im kurzen Strafhemd, die Arme im Rücken gefesselt. Der Wächter ließ den Peitschenriemen durch die Finger gleiten, sie würden gleich, wie es in den Zuchthäusern hieß, »Menuett tanzen«.

Nun ging er den schmalen Weg zum Internat. Zuerst markierte nur eine breitere Asphaltfläche den Übergang von der Straße zum Weg, aber nach zwei Schritten bereits war die Mauerung, an welcher der Weg angelegt worden war, meterhoch, sie war aus dem Felsen herausgeschlagen worden und mit Platten belegt. Jede Ritze zwischen den Steinen öffnete anders, führte anders in die Dunkelheit der Steinwelt hinein. Es taten sich kleine Grotten oder Höhlen auf, wie winzige Wohnungen: Auf der Flucht hatte er sich vorgestellt, wie er ameisenklein, zwischen zwei sich überdachenden Steinplatten, da mit Stuhl und Bett gelebt hätte und wie die Uniformen der Deutschen, die ihn abholen kamen, an der Öffnung vorbeigehuscht wären.

Der kurze Weg, der von der Straße zum Internat herunterführte, stieß unten auf den kleinen, hausartigen Windfang. Er stellte sich vor, wie man ihn heulend aus dem Haus herausgeschleift hätte, und hörte dabei seine Fußspitzen auf dem Kies. Nicht die leiseste Spur wäre davon geblieben, kein Sandkorn, kein Stück Weg, kein Zweig hätte davon zeugen können. Und dabei hätte er noch die riesige Ulme vor dem Internat gesehen, deren Rauschen alles überdeckte.

Während der gesamten Zeit auf dem Bauernhof hatte er den flachen unendlichen Horizont in sich liegen sehen, und an fernen, kaum sichtbaren Baumgrenzen, dünne waagerechte Striche der Ebene entlang, standen da Holzbaracken, grau verwittert auf hart gestampfter Erde. Fenstergesimse mit Blumentöpfen und kein Zurück. Wer einmal mitgenommen wurde, kehrte nie wieder, das hatte er immer schon gewußt.

Einige Schritte noch, und er war im Windfang vor der wohlbekannten Haustür mit dem kleinen vergitterten Rautenfenster in Grätenmusterung und der Klinke aus schwarz lackiertem Eisen, die sich so rundlich in der Hand anfühlte.

Man brauchte bloß die Augen zu schließen, und es gab nur die Erwartung dessen, was da kommen würde, der Ausweglosigkeit; sonderbar, es klemmte ihm viel enger die Brust zu, als wenn er wie damals zur Strafe eintrat und sich den Augenblick auswählen konnte, an dem er hineingehen würde.

Als er vor dem so vertrauten Windfang stand, vor jenem Berghaus, dessen kleinste Einzelheit ihm bekannt war, überkam ihn auf einmal das beiseite geschobene Vergangene: Wie kein Tag verging, ohne daß er sein Tintenfaß umstieß oder sein Heft bekleckerte, irgendeinen Gegenstand umwarf, ein Glas beim Essen auf den Boden fallen ließ, sich die Hose zerriß und vor allem jede Nacht, trotz seines Alters, ins Bett machte. Und das obwohl er genau wußte, wie man alles richtig machte. Jetzt kam es ihm wieder hoch: Wie er verlogen den Unschuldigen spielte, und wenn man dann einfach nicht mehr konnte und ihn ohrfeigte oder ihm Zeilen zum Abschreiben gab, weil man ihn einfach nicht mehr ertrug, entwickelte er zynisch seine erprobte Heultechnik mit langen Schluchzern dazwischen und Unschuldsbeteuerungen, so daß man am Ende doch ein schlechtes Gewissen bekam und sich sogar verpflichtet fühlte, ihm beim Essen Nachschlag zu geben. Er schüttelte sich vor Selbstekel darüber, wie er da auf seiner Selbstbühne stand. Es gelang ihm, von seiner Unschuld zu überzeugen, obwohl er doch stets irgend etwas verbrochen hatte, eine Scheibe Brot gestohlen, danebengepinkelt, abgeschrieben oder gestohlene Kleiderstücke schwarz bei den Bauern, bei denen er Milch holte, gegen ein wenig Käse eingetauscht; er hatte doch immer Hunger. Irgend etwas hatte er immer begangen, und es kam sogar das Schmutzige dazu.

Er genierte sich fast in Gegenwart des großen Gebäudes, in dem er seine Selbstkomödie gespielt hatte. All diese Jahre, 1941 bis 1943, war er immer dabeigewesen und hatte sich selbst dabei zugesehen, wie er alles falsch machte. In ihm war ein ununterbrochenes Rumoren, ein

Ohrensausen. Und er würde sich unweigerlich wieder lächerlich machen, irgend etwas anstellen und sich dann herauslügen. Am liebsten hätte er sich an den Fußknöcheln gefaßt, sich in die Luft gehievt, an den Haaren hochgezogen oder sich selber auf dem Stuhl weggetragen. Übergroß, splitternackt durch eine Vollversammlung. Als Kiste in die Ecke abgestellt. Als Fleischkarren durch die Gegend gefahren werden oder Sessel einfach zum Draufsitzen.

Er hatte immer nur so getan, als ob er nichts verstünde, und dabei bekam er sofort alles mit. Am liebsten ging er aufs Klo und kratzte sich das Gesicht wund, das wurde bemerkt, aber ein wenig später, und man bestrafte ihn, weil er wieder mit einem gerauft oder sich geschlagen hatte, der so gütig war, sich nicht einmal zu melden. Man wollte dann wissen, wer ihn so zugerichtet hatte, aber er gab den edlen, den großzügigen, den guten Kameraden und flennte, er würde nie im Leben petzen.

Man ließ dann von ihm ab, und er hörte, wie man im anderen Zimmer über ihn sprach und meinte, er sei doch ein sehr anständiger Junge und verdiene Achtung, und ihm schwirrte der Kopf vor Abscheu vor sich selbst, und doch konnte er nicht anders, als bei jeder noch so kleinen Gelegenheit großtun: Seht mal, wie gebildet ich bin, trotz meiner jungen Jahre, seht mal, wie nobelgesinnt ich doch bin. Den ganzen Tag spielte er sich auf, ging auf die Nerven, und gerade das genoß er, es bewies ihm, daß es ihn gab.

Er forderte die Strafe direkt heraus, und wenn man dann nicht mehr anders konnte und ihn, weil man gerade nichts anderes zur Hand hatte, für eine Lappalie strafte, verging er vor Selbstmitleid, heulte und wimmerte zum Steinerweichen und wußte genau, daß er log. Oder, umgekehrt, erfand er immer neue Geschichten, daß man ihm dies oder jenes gesagt oder angetan hätte, was aufs leichteste hätte dementiert werden können, es war fast, als ob er etwas erfände, um dann zurechtgewiesen zu werden.

Er machte den Erwachsenen, von denen er mehr oder weniger abhing, übertriebene Komplimente, daß sie sich so fein ausdrückten, eine so schöne Handschrift hatten, immer ein wenig zuviel, so daß jeder sofort sah, daß er doch nur schmeichelte, sich anbiedern wollte. Sobald er bei jemandem etwas Vorteilhaftes für sich herausschnüffelte, war jeder für einen Moment gerade der richtige; so erschien er sich selber als Betrüger, da er doch zu denen gehörte, denen man von vornherein so etwas vorwarf.

Da er nun, obgleich ein frommer Christenjunge, doch Jude war, wie man es ihm erklärt hatte, ohne daß er davon wirklich gewußt hätte, so konnte er nur sein, wie man ihn beschrieb.

Die Vorwürfe, die man ihm machte, bestätigten ihn in seiner Existenz. Schließlich hatte sich das ganze Internat an ihn gewöhnt, nun, da er einmal da war! So war es fast selbstverständlich, daß man ihn bei irgendeinem Vergehen sofort zur Hand hatte. Das Bedürfnis, von sich reden, sich interessant zu machen, ging so weit, daß er einmal sein Schulheft in den Sachen eines Mitschülers versteckte. So gut kannte man ihn, daß er sofort verdächtigt wurde, er habe es absichtlich getan, damit der andere bei Fräulein Lucas, der Internatsleiterin, angeklagt werde, und er versuchte verzweifelt zu beweisen, daß er kein schlechter Kamerad war. Erneut auf frischer Tat ertappt, wie er im Lexikon nach einer fertigen lateinischen Übersetzung eines Satzes geschaut hatte, obgleich es verboten war, schwor er auf seine verstorbene Mutter, er hätte es nicht getan. Und wenn dann zufällig seine lateinische Schularbeit stimmte, glaubte man ihm nicht, und er wurde noch strenger herangenommen, so zumindest konnte er sich sattheulen und noch interessanter vorkommen.

Es war eine Verzweiflung in ihm, daß er war, der er war. Er steckte in sich selbst und mußte alles mit sich mitmachen, überall mit sich hingehen, sich in Stellung sehen und dabei sein, wenn er sich schämte. Warum stand da hinter ihm jene Herkunft, von der er nichts wußte, mit der er nichts zu tun hatte und der er nicht entgehen würde? Das fühlte er um so tiefer in sich, als es das gar nicht gab, es war eine leere Stelle in ihm, von der er nichts wahrnahm, kein bißchen, und doch hatte man ihn deswegen mitnehmen und umbringen wollen. Er hatte es schon manchmal gehört und mitbekommen, solche wie er seien in steter Unruhe, immer agitiert, Luftmenschen, Schmarotzer sogar, und wüßten immer alles besser. Auch er wußte immer alles besser, und dabei wußte er überhaupt nichts, und tatsächlich, einige Wochen bevor man ihn versteckte, hatte Fräulein Lucas ihn vor allen anderen *Arias* genannt. Arias, jene Figur aus den *»Charakteren«* von la Bruyère, die *»alles gelesen, alles gesehen hat und davon überzeugen will, er ist ein allwissender Mensch und gibt sich als solchen aus: er lügt lieber als daß er schweige oder nicht zu wissen scheine«.*

Man konnte ihn auf frischer Tat ertappen, ihm seine Lüge nachweisen, vor Scham glühend, bestand er dennoch darauf, die Wahrheit gesagt zu haben, um so mehr als er wußte, daß es nicht wahr sein konnte! Und sollte er ausnahmsweise die Wahrheit gesagt haben, fand er dafür nicht die überzeugenden Worte.

Er beneidete die anderen, daß sie nicht er zu sein brauchten. Er fraß sich in sie hinein, um zu erfahren, wie sie es machten, sie zu sein, wie es in ihnen wohl zuging, in ihnen, denen man so selten Vorwürfe machte und die man noch seltener strafte, dazu war er als Waise und Schützling da. Er war dauernd hinter dem einen oder anderen her, um ihn beim Selbstsein zu beobachten, herauszufinden, warum bei ihm alles klappte. Dem anderen wurde es bald lästig, und er meinte, er wolle ihm unanständige Vorschläge machen, wo er nicht einmal wußte, was das bedeuten könne. In diesem Bereich des Miteinanderseins war er ein ausgesprochener Spätzünder.

Wie er da nun stand und sich nicht ins Internat hineintraute und sich erinnerte, wunderte es ihn einmal mehr, daß er gerade in sich selbst, in einen wie ihn gesetzt worden war. Er fühlte sich von oben bis unten mit sich selbst aufgefüllt, von oben bis unten gab es ihn, und überall mußte er aufpassen, daß er anderen nicht auf die Füße trat oder sich nicht neben den Stuhl setzte, wie es ihm manchmal passierte. Mit seinem Körper kam er nicht zurecht, er wußte nicht, was er damit machen sollte, immer blieb er irgendwo hängen, deshalb mußte ihm der Leib gemaßregelt werden, umgürtet, eng eingeschnallt und vor allem bestraft. Ständig war etwas mit ihm los, er konnte nicht existieren, ohne daß ein Mißgeschick passierte oder er etwas anstellte oder falsch machte.

Er war sich immer im Weg, wo andere ohne weiteres mit sich auskamen, einen anlächelten und nicht erstaunt taten, daß es sie gab. Es schien ihnen das Selbstverständlichste von der Welt, worüber er aus dem Staunen nicht herauskam.

Und das Böse war auch an seinem Körper, wie es plötzlich hart, fast schmerzend aus ihm herausstand, vor allem wenn er gerade bestraft worden war und noch halbnackt aufs Klo flüchtete, um sich auszuweinen, und dabei jedesmal eine Stelle auf den Kacheln erblickte, die wie ein Pferdekopf aussah.

Über ihn zogen die Wolken dahin, und er konnte ihren Lauf viel weiter verfolgen als im schmalen Hochtal. Auf dem ersten Bauernhof, wo er neun Monate verbracht hatte, war die Aussicht immer kurz gewesen, sofort von Berggipfeln eingefangen, offen nur nach Norden hin, woher die Wolken selten kamen, aber wo der Blick fast ins Unendliche reichte, die Täler fingerartig in der Entfernung ineinandergriffen unter einem immer helleren Blau.

Auf einmal erhob sich wieder der Wind, und es wunderte ihn, daß der so vertraute kleine Weg zum Internat herunter zugleich kürzer und schmaler war, als er ihn in Erinnerung hatte. Über ihm rauschte die riesige Ulme im Wind, ein weites, um sich herumreichendes Rauschen. Es fiel ihm auf, daß er solch Laubrauschen seit Monaten nicht mehr gehört hatte. Auf dem ersten Bauernhof, auf dem er untergebracht worden war, hatte es nur Fichten gegeben, es war viel zu hoch, als daß Laubbäume dort hätten wachsen können, und Nadelbäume hörten sich anders an, ein senkrechtes, sirrendes hohes Geräusch, wo das Geräusch der Ulme viel tiefer und breiter klang. Später, in der Nähe des Dorfes, in dem er die letzten Monate der Okkupation verlebt hatte, wuchsen vor allem frisch gepflanzte, noch ganz junge Obstbäume.

Wenn die Böen nachließen, war die Stille eigenartig tief, eine Stille, wie es sie nur als Zwischenstille zu hören gab, dann setzte das Rauschen wieder ein, es kam ihm die See wieder in den Sinn, weit weg hinter Schilf, welches hin und her wogte, lag sie im Abendlicht, und einzig die Brandung war zu vernehmen.

Er kehrte um, ging wieder über die Straße und lehnte, was er während seiner Zeit im Heim nie getan hatte, den Kopf an den Telegraphenmast am gegenüberliegenden Straßenrand, es war, als hätte die Befreiung, die Sicherheit, nicht mehr in Gefahr zu sein, die Heimat in der Erinnerung wieder aufstreifen lassen. Als wäre noch alles da, wie damals, nach der Schule, auf der Schöningstedterstraße mit seinem Schulfreund Günter Picker, jeder an einen anderen Mast gelehnt, hatten sie sich die Stimmen aus der ganzen Welt angehört, wie sie durch den Mast durchsummten und von der Ferne erzählten.

Der steile Pfad stieß auf das kleine Häuschen des Windfangs, in dem er oft so lange auf sich selber gewartet hatte, daß er sich hineinlasse, wenn er bestraft werden sollte, als ob er von sich selber abhinge und über sich entscheide, und wie damals schloß er die Augen und drückte die

Klinke auf. Wie sonst, bei Tag, stand die Tür offen, bei den Bauern wurde sie mit einem dicken Eisenschlüssel zugeschlossen. Er hatte es gern, wie sich der Bart des Schlüssels im Schloß drehte und nicht gleich nachgab, so daß man das Drehen im ganzen Körper mitfühlte. Hier kannte er alles, jede Einzelheit war ihm vertraut, er wußte, welche Stufen krachten und welche nicht, er brauchte nicht einmal den Treppenabsatz in der Dunkelheit mit dem Fuß abzutasten.

Auch durch das Haus heulte der Föhn, dieser herrliche Weitenwind, der ihm Landschaften aus Italien brachte, wo der Wind doch herkam, vielleicht hatte er sich durch die Täler und Pässe geschlängelt. Und er, der Jüngling, hatte Florenz wieder vor Augen, wo er ein ganzes Jahr gelebt hatte, in Settignano, oberhalb der Stadt, die man samt Campanile, Palazzo Vecchio, Türmen und Kuppeln dort liegen sah, ausgebreitet, in aller Ruhe, mitten in der Landschaft. Es kam ihm wieder der große, trockendurchsichtige Podere in den Sinn, durch den man über treppenartigen Obst- und Olivengärten laufen konnte unter den hohen Wolken.

In andere Landschaften, die man nur ahnen konnte, stieß der Wind in die Zukunft, die vor ihm ausgebreitet lag. Die Häuser und Zimmer, in denen er wohnen oder schlafen würde, standen schon, vielleicht sogar die Betten. Alle Menschen, denen er begegnen würde, gingen, saßen oder aßen irgendwo schon, keiner wußte das Leiseste vom anderen, und doch war die Begegnung unvermeidlich.

Er war sich sicher, er würde heiraten und Kinder bekommen, da er nun über sechzehn war, lebte seine künftige Frau bestimmt schon, sie war auch wach und dachte und machte gerade etwas, sie waren vielleicht meilenweit voneinander entfernt, keiner wußte etwas vom anderen, und doch würden sie sich finden. Mit jedem Schritt ging er ihr unweigerlich entgegen, nichts führte sie zueinander, und doch brachte sie jede Sekunde, sosehr sich ihre Wege womöglich trennten, einander näher, jeder konnte machen, was er wollte, die Begegnung war unvermeidlich. Bisher gab es nichts, und doch schaltete das Zufällige jede andere Möglichkeit mit jedem Augenblick aus.

Auch die Straßen und Gegenden gab es schon, die ganze Zukunft lag fertig, und doch war noch nichts davon da. Die Zukunft konnte nicht anders werden, als sie werden würde, und war doch zugleich zufällig und unvermeidlich, es gab keine andere Zukunft als die, die da kommen sollte und die zu jeder Sekunde völlig anders ausfallen könnte. Es war eine Präsenz, deren Druck er körperlich spürte. Er versuchte sich die künftigen Orte vorzustellen, durch die er fahren, an denen er wohnen würde, und suchte im Tal die lange Straße mit den Augen ab, wie sie aus dem Dorf herausführte, so weit man sehen konnte, denn hinter dem Horizont fing die Zukunft an. Alles lag schon da, er brauchte nur hinzukommen, und doch würde alles unweigerlich erst dann stattfinden, wenn es stattfinden würde. Das war das Sonderbare, Rätselhafte: Es würde alles genau so kommen, wie es kommen würde, und sollte man versuchen, im voraus davon abzuweichen, würde es dennoch so werden, wie es werden würde.

Wie jeder Franzose, er war doch beinahe schon einer, obgleich er nur einen Reisepaß des Deutschen Reiches mit Adler und ohne »J« vorzuweisen hatte, wußte er, daß er früher oder später nach Paris gelangen würde, und es war ihm, als sähe er die Stadt am Horizont liegen, alles war darin schon enthalten; es standen schon Notre-Dame und der Eiffelturm. Er wurde es nicht satt, im illustrierten Laroussewörterbuch die Abbildungen der Pariser Denkmäler anzusehen und sich dabei zu denken, daß sie da im Morgenlicht standen. Er kannte sie alle, Notre-Dame allen voran, mit den beiden abgestumpften Türmen und den langen gotischen Fenstern über den geordneten drei Portalen, an denen es so viel zu sehen gab, den Place de la Concorde mit den beiden sich genau wiederholenden Palästen zu jeder Seite und einer Straße, die im Hintergrund auf eine Kolonnade stieß. Überall in Paris gab es Paläste mit Säulen, und die mochte er ganz besonders, denn wie schafften sie es, daß sie so schmal und frei dastanden, jede für sich, und so viel nebeneinander trugen, und die Seine mit den vielen Brücken und den immer verschiedenen Bögen; den Eiffelturm bewunderte er einzig wegen seiner Höhe.

Er wußte auch schon, wie man von einem Ort in Paris zum anderen fuhr, er kannte die Namen fast aller Metrostationen mit Umsteigeplätzen, die meistens so hübsche Namen trugen und niemals so gesprochen wurden, wie man sie schrieb: DENFERT-ROCHEREAU, STRASBOURG-SAINT-DENIS oder RÉAUMUR-SEBASTOPOL, Generäle mit Städten vermischen oder Dichter und Physiker. Kameraden hatten oft erzählt, wenn sie Heimweh hatten und von Paris und Zuhause sprachen, von großen dunklen Wohnungen an breiten Straßen, wo Präsidenten, Minister und berühmte Dichter ein und aus gingen. Solche Schüler hatten etwas Besonderes: Auf ihnen lag der Widerschein von Paris, und schaute man ihnen in die Augen, sah man Augen, die Paris gesehen hatten.

Am 26. August und die Tage danach, kurz bevor er nach der Befreiung des Dorfes den Bauernhof verließ, hatte er im Radio von der Befreiung von Paris durch General Leclerc und den Widerstand gehört, und wieder hatte er sich die Stadt vorgestellt, und eine Sehnsucht hatte ihn ergriffen. Er wußte schon seit mehreren Jahren, daß man am Gare de Lyon ankam und der Zug eine ganze Nacht brauchte und lange in La Roche-Migennes stehenblieb. Er wußte, wie die Seine verlief und mitten in der Stadt leicht einbog, am Louvre entlang, wo früher die Könige gewohnt hatten; überall stieß man auf Stellen, von denen im Geschichtsbuch die Rede war: die Place de la Concorde, wo Ludwig der XVI. hingerichtet worden war, oder das Hôtel de Ville, vor dem einst La Place de Grève lag, wo Ravaillac, der Mörder des Königs Heinrich IV., gevierteilt wurde. Er versuchte sich vorzustellen, wie es wohl in einem aussehen konnte, der da sterben sollte unter solch unvorstellbaren Schmerzen, daß es kaum möglich war, daß währenddessen die Welt noch existierte, Schmerzen, von denen einzig wußte, der sie erlitten hatte.

Das Entsetzen hatte er ein klein wenig erlebt, als im Jahr zuvor, im Oktober 1943, die Deutschen ihn abholen gekommen waren, eine Angst, als wolle man sich aus sich selber herausstoßen, ein stangenhaftes Gefühl mitten in der Brust, auf das man aufgespießt ist. Das Entsetzen tritt an die Stelle des Selbst, man wird tonnenschwer, gelähmt, mit verlangsamten Gesten und viel zu kurzen, zementierten Beinen.

So konnte er oft nicht loskommen von einer Abbildung in einem Lesebuch, das im Regal des Repetiersaals stand und von dem schwer zu sagen gewesen wäre, wie es dahin gelangt war: Es stellte ein *»Autodafé unter der Obhut des Heiligen Dominikus«* dar und war von einem spanischen Maler des Mittelalters, dessen Namen er nicht vergessen konnte, Pedro Berruguete. Auf dem Bild sah man Mönche in schwarzweißen Kutten, die Verurteilte zum Schafott führten, es waren sehr junge Mönche mit jugendlichen, bartlosen Gesichtern, umringt von lanzentragenden Soldaten und Reitern; auf dem Schafott, zu dem Stufen hinaufführen, sind schon zwei Verurteilte, sie sitzen, völlig nackt, rittlings auf einem riesigen Eisennagel, der ihnen zwischen den Beinen herauskommt, ihr Hals steckt in einem Eisenring, der am Folterpfahl befestigt ist, ihre Füße berühren nicht den Boden, einer der beiden, man sieht es genau, ist ein schöner, ein wenig weiblicher Jüngling mit langen Haaren, dessen Gesicht Schmerz, Erstaunen und Entsetzen ausdrückt. Auf dem unteren Teil des Bildes warten weitere Verurteilte, gelb und grün angezogen mit dem Sanbenito auf dem Kopf. Es war ihm, als sei er selbst der junge Verurteilte.

Sein Blick kam immer wieder auf den jungen Mann zurück, der da rittlings auf seinem Eisennagel in den Tod schaute, von dem furchtbaren Tod allerdings, der auf ihn wartete, war nichts zu sehen, er hätte genausogut weiterleben können. Wie war es möglich, daß man jemandem so etwas antun konnte. Wer konnte sich erdreisten, einen Menschen solche Angst und derartige Schmerzen erleiden zu lassen, wie kam es, daß so etwas möglich war, daß einer einen anderen mit glühenden Zangen kneifen konnte, war denn das nicht schon das Ende der Welt? Und dabei konnte er sich von dem weichen nackten Körper des Verurteilten nicht lösen; es war seine Schuld, und von der Schuld würde er nie abkommen.

Es kam ihm auch die Fotografie wieder in den Sinn, eine der ersten, die er damals in Frankreich zu Gesicht bekommen hatte, sozusagen als Vorwarnung: Es war die 1939 aufgenommene Fotografie der letzten öffentlich vollzogenen Hinrichtung eines Kriminellen, Weidmann hatte er geheißen, ein Lustmörder, der mehrere Menschen umgebracht hatte. Man sah ihn, wie er zur Guillotine geführt wurde, mit dem Blick nach vorn, und alles an ihm war sichtbar gewesen, das Gesicht, die Beine, alles war da, nur das Entsetzen sah man nicht, und ihn, den Knaben, hatte es seitdem nicht mehr losgelassen.

Er drehte sich um, als wolle er es noch einmal so haben, wie es gewesen war, mit allem. Die drei deutschen Soldaten, die ihn abholen gekommen waren und gerade den Pfad einschlugen. Er mußte vor sich hin lachen beim Gedanken, daß er ihnen einen Streich gespielt hatte. Beinahe hätte er ein schlechtes Gewissen gehabt, daß er sie derart enttäuscht hatte und sich nicht hatte fangen und mitnehmen lassen. Vielleicht hätten sie gar eine Belohnung bekommen, wenn sie ihn mitgebracht hätten, und seinetwegen waren sie nun unverrichteter Dinge zurückgekehrt. Sie hielten ihre Maschinenpistolen mit den beiden schwarzen Löchern auf ihn gerichtet; der Offizier in der Mitte hatte ihm Platz gemacht auf dem schmalen Pfad, und er hatte so getan, als sei er überhaupt nicht gemeint, ich bin es nicht, aber bitte, dem Sie da gerade entgegenkommen, mit dem habe ich nichts zu tun, den Sie meinen, der pinkelt jeden Abend ins Bett, lügt wie gedruckt und klaut wie ein Rabe. Für solch einen Störenfried hatte Fräulein Lucas ihr Leben riskiert!

III

Dies Immerwiederkehrende in den sinnlichen Eindrücken scheint es vorzüglich zu sein, was die Menschen im Zaum hält und sie auf einen kleinen Fleck beschränkt. – Man fühlt sich nach und nach selbst von der Einförmigkeit des Kreises, in welchem man sich umdreht, unwiderstehlich angezogen, gewinnt das Alte lieb und flieht das Neue. – Es scheint eine Art von Frevel, aus dieser Umgebung hinauszutreten, die gleichsam zu einem zweiten Körper von uns geworden ist, in welchem der erstere sich gefügt hat.

Karl Philipp Moritz, *Anton Reiser* (Vierter Teil)

Wie er nun auf dem Treppenabsatz stand, wurde es ihm ein wenig eng ums Herz, die alte, wohlbekannte Bangigkeit hatte ihn wieder befallen, sie drückte im Magen, es war etwas anderes als die infame und entsetzliche Todesangst, jene Rattenangst, in der das Auge verzweifelt jede Ritze, jedes Loch, jede noch so winzige Aushöhlung absucht, bei der man sich sogar im Klobecken verborgen hätte, um nicht aufgefunden und mitgenommen zu werden. Er würde es zeitlebens in sich bereithalten, auf der Stelle da, sobald er sich geborgen fühlte. Geborgenheit, das wußte er, war immer das Zeichen aufkommender Gewitter, und so schaute er überall, wo er hinkam, immer erst nach dem Notausgang. Alles, was noch kommen würde an Begebenheiten und Mißgeschicken des Alltages, auch das wußte er, würde fast wie eine Belohnung erscheinen im Vergleich mit jenem abscheulichen, unausweichlichen Gefühl.

Die vertraute Dunkelheit der Treppe umfaßte ihn. Aus der Weite des Draußen war er in die enge Holzverschalung gekommen, eine Einschachtelung im Draußen, eine senkrechte Aufhäufung bis zum Wellblechdach hinauf. Unten hörte er die wohlbekannten emaillierten blauen Blechteller klappern, das Stimmengewirr, sehr viele waren sie bestimmt nicht, und darüber, ab und zu, die lauten Worte von Fräulein Lucas, es zurrte ihm leicht den Rücken zusammen.

Er fühlte im voraus, wie sich die Tür zum Eß- und Aufenthaltsraum aufdrückte, wie die Klinke in der Hand lag und welche Kraft es brauchte, sie herunterzudrücken und die Tür aufzuschieben. Er kannte sie genau, denn er hatte immer aufgepaßt, daß die Rute nicht gegen den Pfosten schlug, damit die anderen es nicht hörten, als ob sie nicht längst alles wüßten!

Hinter der Tür das Klappern und Klinkern. Er wußte um die Raumhelle, wie sie je nach Wetter zudunkelte, wie sich das Licht im Laufe des Tages verschob. Es waren bestimmt nicht sehr viele Neue, die er nicht kannte. Er hörte nur vereinzelte Worte und ab und zu wieder die scharfe, deutliche Stimme von Fräulein Lucas, er erschauerte leicht. Vielleicht waren auch ein paar Größere da. Ob es ihnen wie ihm damals erging? Vielleicht waren auch sie schon Straffällige gewesen, die es kannten und denen man die Bangigkeit von den Augen ablesen konnte, aber auch den Stolz, ein solcher zu sein, der vom Danach wußte, vom Immerlänger, von Pochen zu Pochen, vor sich hergeschobenem Wunder bis zum letzten, sich überkippenden, herausgeschrienen Höhepunkt.

Als er die Tür öffnete, saßen sie alle am Tisch vor den blauen Emailletellern. Fräulein Lucas saß am Ende der Tafel und rief ihm als Begrüßung zu: »Wer zu spät ist, bekommt kein Essen.«

Sie hatte wieder einmal genau ins Schwarze getroffen, er hatte es geahnt, er war nicht willkommen, man wollte ihn nicht mehr haben, und es lief ihm eisig den Rücken herunter, wo würde er hinkommen? Was würde mit ihm geschehen? Kaum war er eine Angst los, kam schon eine andere.

Bis jetzt war die Angst, abgeholt zu werden, wie eine riesige, flache, waagerechte Scheibe um ihn herum gewesen, die ihn von außen eindrückte, eine Umgitterung oder eine eiserne Umgürtelung, die ihn nicht losließ und gegen ihn stieß. Die kurze Strecke zum Heim hinauf hatte er die Lebensbegeisterung in sich gehabt, die Freude an den Farben, an der Landschaft, und jetzt kam ihm plötzlich wieder der Druck auf die Brust. Es war eine senkrechte, ganz andere Angst, die aus ihm selber hinaufstieg, vom Magen bis rauf in die Schultern.

Aber im Dorf wußte man von ihm, und in einem der Hotels würde man ihn bestimmt anstellen, als Laufbursche, als Tellerwäscher, als junger Hausdiener. Er schloß die Augen und stellte sich vor, wie gern er in galonierter Uniform vor der Tür eines Aufzugs gestanden hätte als kleiner Groom, er hatte es einmal vor Jahren als Kind gesehen. Oder Küchengehilfe, das war das sicherste.

Er kannte auch schon alle nötigen Handgriffe. Er konnte schälen und sparsam dazu, von den Kartoffeln schnitt er immer besonders wenig Frucht ab. Bevor er fliehen mußte und sich beim Bauern verstecken, hatte er tagelang in der Küche geschält, und Fräulein Lucas hatte ihn gelobt, daß er jetzt, zur Zeit der Restriktionen, mit den Nahrungsmitteln sparsam umging. Er dachte an die möglichst langen Schalen, die er geschnitten hatte. Er hatte mit sich selbst gewettet, daß er, ohne abzusetzen, eine ganze Kartoffel am Stück schälen könnte, manchmal gelang es ihm, eine Schale zu schneiden, die dann in der Hand die Form der Kartoffel nachbildete.

Aber bevor er wußte, ob er im Raum bleiben durfte, sagte Fräulein Lucas: »Warten Sie vor der Tür auf mich.«

Und so war wieder das Stehen in ihm, im Halbdunkel des Korridors, auf sich selber aufgeschichtet. Das Warten, das sackartig in einen hineinhing, das man in sich hatte und diesmal mit ganz anderer Aussicht, lag ein wenig höher in der Brust. Strafangst verengte nur die Brust, ein schmales Gefühl, darüber wußte man Bescheid, von Mal zu Mal genauer. Aber die Angst vor der Entscheidung darüber, was nun aus ihm werden sollte – von seiner Beschützerin, die das Internat für ihn bezahlte, hatte er schon seit über zwei Jahren nichts mehr gehört –, drückte die Brust in ganz anderer Weise ein.

Plötzlich öffnete sich die Tür, und die rechteckige Helle stieß in das Halbdunkel hinein, ein größerer Junge, er hatte ihn noch nie gesehen, stand vor ihm und sagte, er solle hineinkommen. Er ging durch den wohlbekannten Raum mit den drei großen Klappfenstern unter der rot angestrichenen Decke, zwischen den schwarzen Balken, die das ganze Haus zu tragen schienen. Am Tisch saßen sie alle zusammen und jeder für sich. Mit einem einzigen Blick hatte man sie alle zugleich erfaßt und jeden unverwechselbar für sich, jeden mit seinem kompletten Gesicht, mit allen unverwechselbaren Verschiedenheiten, den Haarwirbel am Hinterkopf, wie der Betreffende ihn nie sehen würde, oder das ganze Gesicht derjenigen an der Tischseite gegenüber. Jedes Gesicht, in dem einer saß, der sein Aussehen nicht mit ansehen konnte. Und dies alles bemerkte er, trotzdem es ihm bange war.

Am Tischende saß eine stattliche Frau mit dunkelbraunem Haar und Haarknoten, die er noch nicht kannte, mit strengem, aber doch weichem Gesicht, und über dem hellgrünen stechenden Blick Augenbrauen wie ein Mann, ein leicht hervortretendes Kinn und sehr schmale, ineinandergekniffene Lippen, sie trug ein graues Kleid mit ledernem Gürtel in der Mitte. Es war etwas Zähes, Widerborstig-Strenges und zugleich nicht Abstoßendes an ihr. Im Vorbeigehen grüßte er sie kurz, indem er den Kopf neigte, sie sah ihn an und ein Schauer durchlief ihn, er blickte auf ihre Hände, ob sie vielleicht auch strafte. Sie hieß Fräulein Jond und hatte, er sollte es bald feststellen, eine besonders scharfe Hand, denn schon einige Tage nach seiner Rückkehr ließ sie ihn antreten, um die Strafe bitten und schlug ihn, zum Kennenlernen, so gekonnt auf den »Blanken«, daß er mit seinen gebundenen Händen nur noch schreiend um sie herumwirbeln konnte und um Verzeihung bat. Sie war die neue Prinzipalin, wie es hieß.

Alle sahen ihn an, wie er an der Glastür zum Büro von Fräulein Lucas klopfte, zweimal eher leise und schüchtern, beinahe hätte er viermal angeklopft, wie es für die Hinrichtung befohlen war. Hinter sich fühlte er das Stechen der interessierten Blicke. Es wurde nicht geantwortet, so daß er Zeit hatte, sich umzudrehen, und er sah alle Augen auf sich gerichtet, ein hellfarbiger Blickkreis, der ihn wie eine verdrängte Erinnerung durchzuckte. Es stieg in ihm wie eine Ahnung auf, und dann hörte er die Stimme, die ihn hineinrief.

Es war sonderbar, nach all diesen Monaten wieder auf einem Teppich zu stehen. Vorher hatte er immer nur auf Hartem, Rauhem gestanden und ganz vergessen, wie sich so etwas überhaupt ausnahm. Auf dem Bauernhof war ihm kein einziges Mal die Erinnerung an diesen Raum gekommen, als sei das schon Erlebte aufgehoben geblieben, wie eine später nachzuholende Erinnerung. Keinen Raum kannte er so gut, darin hatte er geflennt, geheult, gebettelt wie sonst nirgendwo, da hatte er geweint, aber auch aufgeatmet und dabei liebgehabt, war auch belohnt worden und hatte sogar gelacht.

»Mein Junge«, hörte er sie sagen, »Sie sind also wieder da, und dabei ist André, Ihr älterer Mitschüler, eigentlich Ihretwegen erschossen worden, denn auch für Sie ist er dem Widerstand beigetreten, und Sie, mein Freund, der Sie zu nichts gut sind, kommen wieder zum Vorschein«, und auf einmal in ganz anderem Ton, vielleicht als sie sah, wie ihm die Tränen in die Augen kamen und ihm die Backen hinunterliefen, »Sie haben sogar zugenommen und sind auch tüchtig gewachsen.«

Er hatte bereits erfahren, daß der ehemalige, ältere Schüler André Reussner, den er bewunderte und der immer freundlich zu ihm gewesen war, achtzehnjährig, als Medizinstudent und obgleich Schweizer, der Französischen Résistance beigetreten, dann festgenommen und in Lyon erschossen worden war, nicht von den Deutschen, sondern von der französischen Miliz. Es waren offizielle von der Vichyregierung engagierte Verbrecher gewesen, die mit schwarzen Mützen durch die Departements zogen, Leute am Kragen aus den Häusern zerrten und sich an ihrer Stelle in die Küche setzten und deren Frühstücke verzehrten, bevor sie sie umbrachten, oder in ihren Betten schliefen, wenn sie ihnen nichts weiteres antaten. Vor allem aber töteten und folterten sie gern, wo sie nur konnten.

Sie setzte wieder an, »Natürlich werde ich Sie hierbehalten, ich habe es Ihrer Kusine versprochen, ich hoffe aber, Sie werden sich ihrer würdig zeigen und sie nicht enttäuschen«, dabei öffnete sie die Tür zum Saal, damit es alle hören konnte, »und sonst bleibt alles beim gleichen, züchtigen werde ich Sie, wenn nötig, wie früher, und sollten Sie auch zwanzig sein, und Sie werden Ihren Mitschülern behilflich sein, ich habe Sie, mein Junge, vor den Deutschen geschützt, ich hoffe, Sie werden sich dankbar erweisen, und jetzt gehen Sie in die Küche hinunter, man soll Ihnen etwas zu essen geben, und dann werden Sie der Köchin helfen.«

Er war schon aus dem Zimmer heraus, als sie ihn zurückrief und ihm sagte, er solle sich ihr gegenüber in einen der beiden Ledersessel setzen, die er seit jeher kannte, auf die er so oft geschaut hatte, wenn er bestraft werden sollte, als wüßten sie um die Erlösung. Die hatten es gut, die Sessel, daß sie nicht er waren, die waren zu etwas nützlich, die brauchte man, wie sie da ausgebaucht die Fleischwärme der Sitzenden auffingen, die sie in sich hineingleiten ließen. Gern wäre er Sessel gewesen, von innen fühlte er die beiden breiten, braunfarbigen Lehnen an sich aufsteigen, die beiden Lederseiten, die sich der Länge nach an ihm erhoben. Noch nie war es ihm bisher erlaubt gewesen, sich hineinzusetzen, andere Schüler aus

»gutem Hause« hatten es gedurft, er konnte es immer nur durch die geriffelte Glastür sehen und hatte sich nie getraut zu fragen, wie es war, wenn man in solch einem Sessel saß.

Jahrelang hatte er nur Bänke zum Sitzen gehabt. An das Weiche der Teppiche erinnerte er sich kaum, und nun saß er im Sessel mit den beiden Lederflanken, den Füßen auf Weichem und wunderte sich. Zur Rechten hatte er das große Fenster, das er so gut kannte. Wenn man so saß, sah man nur Himmelshelle, so hoch stand das Haus.

Und da erzählte sie ihm, daß die Köchin, die damals gesagt hatte, sie würde ihn unter ihrem Bett verstecken, und sollten die Deutschen ihn abholen kommen, würden sie es mit einer echten Französin zu tun haben, daß gerade sie ihn denunziert hatte. Nach der Befreiung des Dorfes hatte man alle Denunziationsbriefe auf einem Tisch gefunden, unter einen Stein gepreßt, damit sie nicht durch die kaputten Fenster fortflögen. Man hatte sich gewundert, daß es so viele waren, als ob jeder Dorfbewohner jeden anderen und sich selbst dazu denunziert hätte. Die Deutschen hatten sie absichtlich so hingelegt, daß man sie finden konnte, damit Abrechnungs- und Racheaktionen im Dorfe stattfänden. Unter den Briefen hatte man auch den der Köchin gefunden, sie hatte ihn für 100 damalige Francs denunziert, das waren nicht viel mehr als zwei, drei gute Mahlzeiten in einem dieser Schwarzmarkt-Restaurants des Dorfes, wo man trotz der Restriktionen ganz wunderbar essen konnte, von schneeweißen Tischdecken und silbernem Besteck.

Als er das hörte, fühlte er, wie ihm die Röte ins Gesicht stieg, die damalige Köchin war einmal die Treppe hinaufgestiegen und hatte ihn im Waschraum überrascht, wie er sich ganz nackt ausgezogen hatte, um zu empfinden, wie es war, wenn man nackt war, ohne zur Strafe vorbereitet zu werden. Und die ganze Zeit hatte er sich gefürchtet, sie würde es Fräulein Lucas erzählen, und sie würde ihn dafür besonders hart strafen, so daß seine Schreie durch das Haus schrillen würden. Da die Köchin alles über ihn wußte, da sie wußte, daß er schmutzige Gedanken im Kopf hatte, war es fast selbstverständlich, daß sie ihn an die Gestapo ausgeliefert hatte. Man hatte sie selbst gerade einige Tage vorher verhaftet.

»Sehen Sie, mein Junge, wie gefährlich und unsicher alles war. Wer hätte geglaubt, daß gerade die Köchin Sie denunzieren würde. Nun wird man sie wahrscheinlich erschießen, ob Sie, mein Junge, das wert sind?«

Seit der Befreiung hatte er sich seines Lebens wollüstig geschämt, Fräulein Lucas hatte es ihm ja bereits gesagt: »Sie, mein Junge, sind immer noch da, und André ist tot.« »Und«, fügte sie hinzu, »die ganze Zeit haben Sie gut zu essen bekommen auf Ihrem Bauernhof, während wir unter den Restriktionen litten und immer weniger zu essen hatten und immer noch wenig haben.«

»André ist tot, und Sie sind immer noch da.«

Ja! Abgeschafft gehörte er, wie er da stand im schamlosen Körper, den alle sehen konnten. Der Schweiß brach ihm aus. Die anderen, ihnen warf man nie vor, daß sie da waren. Und wäre er nicht gewesen, hätte die Köchin ihn nicht denunziert und man würde nicht über sie richten. Er war schuld an ihrem Tod.

Man trug ihn durch die Straßen, schweinshautbespannt, zylinderförmig mit roten Schleifen, man trug ihn auf dem Bauch und bei jedem Schritt, Hippe, hoppe, wippte er auf und ab, während der Trommler auf ihn einschlug, bumm, bumm. Oder auch er saß auf dem Ast, den er sich aus der Kehle lachte, einem dicken, krumm gewachsenen Ast, an dem er selber baumelte, in rosa Pumphosen. Daß er noch immer da war und dabei tat, als sei er jemand beliebiger, wie jeder andere auch, ja abgeschafft gehörte er, ein schamloser Schmarotzer, der von der Résistance profitiert hatte.

»André ist tot, und Sie sind immer noch da.«

Er schüttelte sich vor Scham, er war wie aufgespießt, aufgegabelt und in ein Röhricht hineingesteckt, weggespült, endlich. In den Gully hinein und hopp! Wegen so etwas, um solch sündiges Fleisch hatte man sich sogar geängstigt, herumtelefoniert, eine Unterkunft für ihn gefunden, andere seinetwegen gefährdet. Vielleicht war André gerade erschossen worden, als er sich beim Bauern in der Frühlingslandschaft sonnte, und so was wollte noch am Leben bleiben. Er heulte laut auf, da noch im Büro, die Verzweiflung überkam ihn zum Empfang.

Am liebsten hätte er den Kopf an die Wände gestoßen, um das nicht mehr wissen zu brauchen, lebensschuldig war er, nie würde er seinen Beschützern, allen voran Fräulein Lucas, ihre Anstrengungen zurückerstatten können. Und dabei beklagten alle, für so etwas habe man solche Risiken auf sich genommen.

Es wurde immer mehr vom Begangenen erzählt, davon, wie so viele umgebracht wurden, nur weil sie lebten, und auch er war gemeint gewesen, obgleich er damit nichts zu tun hatte, wo er doch gar kein Jude war. Vor gar nicht allzu langer Zeit hatte ihm ein Mitschüler von einem jüdischen Kameraden erzählt, den er in einem anderen Internat kennengelernt hatte, ein hübscher, freundlicher Junge, mit dem er sonderbarerweise, obgleich er neben ihm schlief, sich nie auf gewisse Abendspiele hatte einlassen können. Wenn »Waschtag« war, dreimal die Woche, war er immer als letzter in den Waschsaal gegangen und zog sich sein Nachthemd an, so daß keiner ihn sehen konnte.

Ein anderer, mit dem er, Arthur, »es getrieben« und unter dessen gewandten Fingern er vor Lust gestöhnt hatte, hatte ihm dann gesagt, daß bei einem jüdischen Jungen am Geschlecht etwas abgeschnitten werde und hier Beschneidung oder auch Zirkumzision heiße. Bei den Bauern, die ihn versteckt hatten, gab es Kalender der Französischen Post, wo am 3. Januar kein Heiligenname stand, sondern »Sainte-Circoncision«. Als er das sah, ahnte er etwas, ohne zu wissen.

Plötzlich, er war schon beinahe aus dem Büro heraus, und als ob er ihr ein neues zusätzliches Argument geben wollte, weil sie ihn derart abgefertigt hatte, wurde er weinend von seiner eigenen Frage überrascht. Sie war ihm so schnell über die Lippen gekommen, als ob er sie schon immer hätte stellen wollen.

»Sie haben mich versteckt, weil ich doch jüdisch bin, und man hat mir gesagt, daß die Juden beschnitten seien, und das bin ich nicht.«

»Das weiß ich, daß Sie es nicht sind, und Sie sind auch

kein richtiger Jude, da Sie doch getauft wurden.« Sie hatte ihn oft genug bestraft, als daß sie nicht wüßte, wie er aussehe. »Aber die Nazis«, setzte sie fort, »haben auch diejenigen als Juden bezeichnet, die getauft wurden, weil es für sie eine Rasse ist, die es aber gar nicht gibt. Sie sollten stolz sein, Vorfahren zu haben, die immer ihrem Gott treu geblieben sind.«

Da er sie danach gefragt hatte, erklärte sie ihm, daß die Beschneidung den Bund mit Gott bedeute.

An ihm war nichts »beschnitten«, und doch hatte man ihn, da er doch einer war, mitnehmen wollen, und nun ließ ihn der Gedanke nicht los, ob auch wirklich nichts von dieser unbekannten Zugehörigkeit an ihm zu sehen war.

Vor gar nicht langer Zeit, während der Okkupation, hatte es ihn verstört, verwirrt und geängstigt, daß die Okkupanten, die Nazis und die Kollaborateure, nachsahen, ob Männer beschnitten seien oder nicht, daß solche Niederträchtigkeiten überhaupt möglich waren, hatte ihn zutiefst entsetzt. Immer wieder hörte man von irgendeinem Aufseher oder einer Lehrerin, die im Internat unterrichteten und bald wieder verschwunden waren, daß ein Mann in Hut und Mantel dasjenige irgendeinem uniformierten Halunken, meistens einem Deutschen, in Lokalen oder sonstwo hinter einer Tür oder einem Wandschirm vorzeigen mußte, mit heruntergelassener Hose oder durch den Schlitz, um zu beweisen, daß er keiner war. Sein Leben lang schüttelte man sich nachher vor Scham. In den eigenen Augen war man dann stets einer, der es hatte präsentieren müssen. Und man stellte es sich vor, verschrumpelt, herunterhängend und, das war das Widerlichste, schwarz umpelzt, und der Ekel überkam ihn, so daß er sich die Hand vor den Mund halten mußte.

Und als öffne sich in ihm eine bis dahin sorgfältig zugemauerte Mördergrube, kam er nicht vom Gedanken weg nachzusehen, ob es bei ihm richtig und glatt war. Wenn er jemanden über die Dorfstraße gehen sah, stellte er sich ihn beim eventuellen Präsentieren vor. Oben stand das Gesicht über dem Fleischaufbau, und unten fummelten die Finger und kriegten den Schlitz nicht auf.

Seit einiger Zeit waren die Touristen wiedergekommen, und man hörte hie und da am Straßenrand die geschlossenen Fensterläden an den seit Jahren stillgelegten Chalets aufklappen. Es waren meistens durch Schwarzmarkt reich gewordene Krämer, die plötzlich in Chalets saßen, die ganz anderen gehört hatten, welche nie wiederkommen würden. Ob die es auch hatten vorzeigen müssen? Es schüttelte ihn vor Ekel beim Gedanken, daß sie es sich aus der Hose zogen und daß es, wie er wußte, woher denn?, darum Haare gab, verknäult. Vor Entsetzen fing er an zu laufen, und dabei fiel ihm noch ein, daß es gerade beim Laufen bestimmt hin und her baumelte. Aber die Schuld und die Schande waren immer nur bei denen, die dazu zwangen, genau wie die Schuld nicht bei ihm war, wenn er »dabei« überrascht wurde.

Manche hatten doch und gar im Dorf, ganz in der Nähe, überlebt, indem sie vier Jahre lang in der Unterkellerung des eigenen Chalets heimlich von Bauern der Nachbarschaft ernährt worden waren. Wie hatten sie überhaupt die Kälte des Bergwinters überleben können?

Von Tag zu Tag erfuhr man, daß viele von Franzosen versteckt worden waren, die nicht einsehen konnten, daß man Menschen umbrachte, weil sie geboren oder nur weil sie beschnitten waren.

Und er, der da heil davongekommen war, dank der Leute, die sich seinetwegen den größten Gefahren ausgesetzt hatten und sich für ihn abgemüht hatten, dachte an nichts anderes, als daß er nun weniger zu essen bekommen würde als bei den Allards, da trotz der Befreiung Frankreichs die Restriktionen noch andauerten. Zugleich stieg in ihm wieder die Scham auf, wie konnte er sich erdreisten, ans Essen zu denken, wo man ihm doch sagte, daß ein um ein paar Jahre älterer Schulkamerad auch seinetwegen erschossen worden war, da er zur Résistance gehörte und er es nicht hatte ertragen können, daß Kinder verschleppt und getötet wurden, nur weil sie geboren waren. Zu ihnen gehörte er, Arthur, und schämte sich, daß er dabei nur volle Teller mit Pommes frites, dem französischen Nationalgericht, vor seinen Augen vorbeidefilieren sah.

Ein solches Gericht hatte er nur ab und zu vor dem Krieg bekommen, und während der Zeit des Hungers immer wieder davon geträumt und dem wunderbaren Zergehen der Pommes frites im Munde mit jenem leichten Widerstand und dem ganz anderen Empfinden des Weichsehnigen des Fleisches nachgeschmeckt.

1942–1943 war es am schlimmsten gewesen. Brot hatte es kaum noch gegeben, zu 350 Gramm war man berechtigt und zu 72 Gramm Fleisch in der Woche. Es gab nicht einmal Milch für die Kinderheime, die Bauern verkauften nur schwarz zu unerschwinglichen Preisen. Es gab nichts als Erdäpfel und Rüben. Man dachte an nichts anderes mehr als an Essen, ihm waren Frostbeulen gekommen, die aufplatzten, er weinte vor Hunger und ging im Frühling oft mit den Kühen Kleeblüten grasen, wenn man einige hundert von den weich-violetten kleinen Büscheln gemampft hatte, war der Hunger einige Zeit lang überspielt.

Aus den Erzählungen der größeren Mitschüler, die Pakete von zu Hause bekamen, hatte er von der französischen Küche gehört. Sie erzählten von den Sonntagsmahlzeiten in der Familie, von den Pasteten und den im Mund zergehenden Hammelkeulen, und ihm, der beinahe vor Hunger umfiel, schoß das Wasser in den Mund. Während sie auf dem Bett im kleinen Schlafsaal sitzend auspackten, ging er, wenn er konnte, woandershin, damit man ihm nicht sein Betteln vorwürfe. Wäre er dabeigewesen, schon sein einfaches Dastehen hätte man als Bettelei verstanden.

Ab und zu, wenn er zurückkam, hatte man ihm doch einen Riegel Schokolade auf den Bettbezug gelegt, und es kamen ihm Tränen in die Augen, daß man ihn also doch liebhatte, es war sein Bettnachbar gewesen, André D. geheißen, der alles richtig machte, neue Schuhe trug und keine Löcher in den Strümpfen hatte, er existierte nie falsch, und er beneidete ihn darum, daß er er selber war. Er wohnte in Maisons-Laffitte, und es hatte ihn, Arthur, gewundert, daß eine Stadt maison (Haus) hieß. Wieder so ein komisches Wort mit Bindestrich, wie es viele davon im Französischen gab, die der Sprache so ein schnell-städtisches Aussehen verliehen. Und gerade er aber war zu vornehm gewesen, ihn auf den Dachboden mitzunehmen, daß er sich hinknie, mundfertig, wie er es für Zugabe, bei Tisch vom Teller eines anderen, oft tat.

Sie erzählten öfter von zu Hause und hatten ihm auch Fotos gezeigt, Familienfotos mit gedeckten Tischen, voll Tellern und blinkenden Gläsern, und durch die Fensterhelle sah man Straßenzüge oder auch Gärten mit breiten Treppen wie vor italienischen Palästen oder schweren, weißlackierten Gartenmöbeln. Er hatte auch Fotos von französischen Wohnzimmern angeschaut und gebeten, daß man sie ihm von neuem zeige. Oft waren es geblümte Tapeten mit verschnörkelten Möbeln, ganz anders als bei ihm zu Hause, wo es nur strenges Biedermeier gegeben hatte. Ob er später einmal auch ein Wohnzimmer haben würde, wo es unter den Füßen teppichweich sein würde, wo der Blick beim Eintritt alles sofort übersehen könnte, einige gepolsterte Sitze stehen würden. In so einem Wohnzimmer war man vom Erdigen, Feuchten, Plumpen, Klebenden, Rauhen befreit, man war im Trockenen, Quadratischen, Gesicherten.

Auf dem Bauernhof hatte es nur Rauhes und Abgeschabtes, Verbrauchtes gegeben, und zuvor im Heim nur Hartes und Sauberes, auf dem Teppich im Büro der Heimleiterin hatte er immer nur mit nackten Füßen gestanden, wenn er bestraft wurde.

Und nun, am Tag seiner Rückkehr, hatte sie es ihm sogleich deutlich gemacht, sie würde nach wie vor dieselben Strafen anwenden und besonders streng mit ihm sein. Es überkam ihn wie ein Taumel, eine Exaltation, eine Selbstbegeisterung, er sah sich wieder unter der Strafe heulend um Gnade flehend, aber mit weichem Teppich unter den Füßen.

Am nächsten Morgen wurde er aus dem kleinen Schlafsaal herausgerufen und von der Aufseherin, der Prinzipalin, die ihm bei seiner Ankunft so streng vorgekommen war, ins Büro beordert, ein Zucken überkam ihn, man würde ihn doch nicht jetzt schon bestrafen, er hatte noch gar keine Zeit gehabt, Anlaß für Vorwürfe zu geben oder etwas »Böses« zu machen.

Am Abend hatte die Prinzipalin gesehen, daß er sich nicht wie die anderen ausgezogen und für die Nacht umgezogen hatte, denn er besaß keinen Pyjama. Auf dem Bauernhof hatte er im langen Nachthemd geschlafen, das ihm der Bauer geliehen hatte, und so mußte er nun nur mit dem Hemd und der alten, abgeschabten, am Knie ausgebeulten und schon dünn durchscheuerten Skihose bekleidet die Treppe herunter, er hatte nicht einmal mehr Unterhosen. »Schnell, schnell«, hatte die Aufseherin gesagt, »gehen Sie so, wie Sie sind.«

Und jetzt, wo alles fast wie gewünscht wieder ansetzte, überkam ihn die Angst und die Verzweiflung, er ging die Treppe herunter, und es war wieder alles wie früher, und schon hätte er sich beinahe das Gesicht mit dem Ellbogen vor den Ohrfeigen geschützt: Er hatte sich sofort wieder eingelebt.

Die lange gläserne Schiebewand war zu, und als bitte er um Einlaß zur Strafe, klopfte er wie befohlen viermal an, er wurde hereingerufen, und mit einem freundlichen Lächeln sagte ihm die Direktorin, die an ihrem Tisch saß, neben sich eine Personenwaage, die er bisher noch nicht gesehen hatte, sie hätte gar nicht die Absicht, ihn irgendwie zu bestrafen, er solle keine Angst haben, er solle sich aber nackt ausziehen und auf die Waage steigen.

Da klopfte es, einmal nur, es war die Prinzipalin, er stand da nackt auf der Waage, unter dem Blick der beiden Frauen, die eine kannte ihn bis ins Intimste, seine Stimme, wie er flennte, heulte, beteuerte, weinte, schrie, alles wußte sie über ihn, so daß er sich kaum noch vor ihr schämen konnte.

Und er stand da und fühlte, wie die Prinzipalin mit dem Blick sofort auf das Schuldige an ihm gezielt hatte, noch ehe sie ihm ins Gesicht sah. Und ihm kam plötzlich der Gedanke, bloß daß »es« ihm nicht kam unter dem Blick der Aufseherin, er kreuzte die Hände davor, aber die Direktorin befahl ihm sofort, strammzustehen. Beide tauschten Blicke aus, und die Direktorin sagte: »Sie sind nun ein großer Junge geworden, immer noch derselbe, nur tüchtig gewachsen, man sieht es, bei den Bauern hatten Sie es gut, unverdienterweise gut. Man wird Ihnen einen Nachtanzug von einem weggefahrenen Schüler geben, und ein Hemd wird sich auch noch finden lassen. Sonst hat sich für mich, mein Junge, nichts geändert, nötigenfalls wird man natürlich zur Rute greifen.«

Dabei wartete er auf der Waage, und trotz des Verbots überkam es ihn und er schämte sich, es war wie eine Flut, die in ihm aufstieg, den Kopf füllte, während es ihm passierte. »Eigentlich müßte es die Rute sofort geben, passen Sie auf, mein Junge, denn mir scheint, daß Sie es schon wieder brauchen«, und an die Prinzipalin gewandt, »auf so etwas muß große Acht gegeben werden.«

Er ahnte kaum noch, worum es wohl gehen könnte, und sowieso, hätte man ihn auch auf »frischer Tat« dabei ertappt, er hätte mit solcher Vehemenz beteuert, er täte so etwas nicht, daß man ihn am Ende doch Glauben hätte schenken müssen.

Und doch hatte er es gemacht, wie die anderen auch, nur daß er ja schuldig war. Man hatte ihm das Leben gerettet, ganz umsonst, ein ungerechtfertigtes, durchgeschmuggeltes Leben, und doch tat er so etwas, und immer öfter sogar. Das war also seine ganze Dankbarkeit, das Schmutzige.

Aus Scham vor sich selbst hätte er sich am liebsten wieder mit der Selbsthaubitze weggeschossen und dann weggespült in den Gully, er sah sich durch die Röhren schießen und dann schon floßartig den Bach hinunterschwimmen, wie er sich an den grasbewachsenen Ufern stieß, in Wirbeln drehte, unter den Brücken dahinglitt, während Kinder ihn mit Steinen bewarfen und er allmählich unterging.

Im Lesebuch hatte er sich die Ophelia des englischen Malers Rossetti aus dem 19. Jahrhundert angeschaut, wie sie unter dem Wasser liegend scheinbar der Verwesung entging.

Sehr oft sah er sich aber auch andere Bilder im Larousse an. Da standen illustrierte Tafeln mit den großen Werken der Malerei und der Bildhauerei nach alphabetischer Ordnung, die er durchblätterte, und manchmal wurde er von gewissen Abbildungen sonderbar verwirrt. Er sah sie sich aber nur kurz an, er wollte nicht »danach« aussehen, aussehen wie einer, der solche Sachen im Kopf hatte, und doch hatte er fast nur solche Sachen im Kopf.

Und so, beim Durchblättern, stieß er plötzlich auf die Abbildung des griechischen Standbilds, welches Kastor und Pollux darstellte, zwei völlig nackte Jünglinge, an denen das Verbotene sich sichtbar anbot. Ihre langen, herrlichen Körper stachen einem wahrlich in die Augen, mit den Fingern wäre man gerne an ihnen heruntergefahren, und er konnte seinen Blick nicht abwenden, sie waren gegeneinandergelehnt, und es war ihm auf einmal, als wollten sie das Gesicht des Zuschauers zwischen ihren sanften, warmen und glatten Schenkeln einschließen. Einer, er war ein wenig weiblicher als der andere und hatte entwickelte Brüste, hatte seinen Arm um die Schulter des anderen geschlungen.

Er hatte sich das Bild länger angeschaut, als er es vielleicht gedurft hätte, und in der Angst, erkannt zu werden, hatte er die Seite schnell umgeschlagen und war dabei auf noch Schlimmeres gestoßen, das noch deutlicher von ihm zeugte, es stellte eine Folter dar, man sah einen wundervollen Jüngling mit langen Haaren, dem man den ungeheuren Schmerz, das entsetzliche Leiden aus den Augen und den Gesichtszügen herauslas, er saß völlig nackt mit vom Zeichner sehr betonten, hervorstechenden Brüsten und nur mit einem besonders schmalen Lendentuch bedeckt auf einem Tetraeder, der auf einer hohen Stange befestigt war, die unten von schrägen Holzpfeilern gestützt wurde. An den Händen und Füßen des jungen Mannes hingen schwere Gewichte. Was beim ersten Blick auffiel, waren die sehr breiten Schenkel, wie sie gegen das Holz des Folterzeugs anlagen.

Immer wieder versuchte er, sich davon abzuwenden, keine verbotenen Gedanken in sich aufkommen zu lassen, und konzentrierte sich auf die Landschaft, um nicht mehr daran zu denken. Die Rettung von den »bösen Gedanken« kam ihm beim Einkaufen im Dorf. Da die entfernte Verwandte, die für ihn zahlte, sich noch nicht gemeldet hatte – man wußte nur, sie war in die Schweiz geflüchtet –, wurde ihm gesagt, er werde nur aus Barmherzigkeit und in Ehrfurcht und Vertrauen bei dieser Kusine im Heim behalten und er solle behilflich sein, wenn man ihn brauche. So wollte er zu sich selbst beitragen und sein Dasein entschuldigen, indem er täglich die Einkäufe, Lebensmittel und, wenn welche ankamen, Schülerkoffer ins Internat hinaufschleppte, so daß man wohl die Einkäufe, nicht aber ihn mehr wahrnahm.

Oft streiften die Touristen im Dorf umher, und er mußte, einen jener goldfarbenen Marmeladeeimer an jeder Hand, den sehr steilen Straßenansatz herauf, rucksackbeladen, der Sack mit der runden, nicht einmal zugeschnürten Öffnung, in der die Zweikilobrote steckten, sechs Stück davon, für das Heim. Die Touristen schauten ihm zu, wie er, zu hoch gewachsen, in kurzen Hosen, da vorbeiging und sich abmühte. Sie schämten sich ihrer Muße wegen und sprachen ihm ihre Sympathie aus und fanden es unverschämt, daß man ihn sich derart abrakkern ließ, und er, der stolz war, daß man ihn brauchte, beschimpfte sie, nannte sie Arschlöcher, durchgefickte Fotzen und wußte dabei nicht einmal wirklich, was das bedeutete: Entrüstet riefen die Touristen oben im Heim an, und wieder einmal bekam er es mit selbst vorbereiteter Rute auf den »Blanken« und konnte sich wieder hassen, daß es ihn gab.

Und doch sehnte er sich jedesmal danach gleich wieder nach dem Bösen, nach der Strafe, als gäbe es nichts anderes für ihn, als im Bösen zu leben, denn es war doch das Böse, das er dann nach der Strafe trieb und für welches die Strafe erneut und besonders scharf ausfiel, so daß mehr oder weniger immer etwas davon an ihm zu sehen war, farbig, von rot bis blau und gelb.

Oder er brachte Linsensäcke hinauf, sie kamen aus Italien, in gepolsterten, länglichen doppelschichtigen Papiersäcken, die wie beinlose Leiber aussahen, ein wenig feist, mit Speckfalten; die Linsen gehörten für die Heime zu den Reparaturleistungen, zu denen das besiegte Mussolini-Italien von den Alliierten verpflichtet worden war, so fühlte er sich zum ersten Mal seit langer Zeit legitim ernährt, da konnte man ihm nicht die Rübenmengen vorwerfen, die er sonst verschlang. An Linsen, nachdem er die Steinchen herausgesucht hatte, ließ man ihn sich voll essen, das war nicht so teuer, tellervoll verschlang er sie, und da die Restriktionen nicht mehr so streng waren und man wieder Kartoffeln bekam, war er am Unterleib ein wenig dick geworden, so daß es der Direktorin Freude machte, so viel weißrosa Haut zur Verfügung zu haben. Wenn er für etwas bestraft werden sollte, ließ man ihm jetzt des öfteren die Wahl zwischen Essensentzug, Rute oder einigen hundert Zeilen, letzteren gab er immer den Vorzug, auch wurden doch die Strafen seltener, man schämte sich vielleicht, einen künftigen Abiturienten wie ein kleines Kind zu behandeln.

Das Zeilenschreiben empfand er kaum noch als Strafe, und das hatte man allmählich gemerkt. Man gab ihm jetzt Texte zum Abschreiben, man hatte sich das als Strafverschärfung erdacht, weil es doch viel schwieriger war, als fünfhundert Mal denselben Satz zu wiederholen; ihn aber hatte es immer mehr interessiert, den Text so langsam zu lesen zu bekommen, wie er ihn abschrieb, so wurde ihm der Sinn noch deutlicher, er konnte ihn in sich behalten und herumsinnen, aber vor allem war es die Orthographie, die ihn amüsierte. Die französischen Silben, die selten so aussahen, wie sie gesprochen wurden, die die Wörter sozusagen schmückten und ihnen ein vornehmes Aussehen gaben, wurden zu einer Art Spiel.

Diese sonderbaren Buchstabenreihen: ng, aux, oi, ée oder die Akzente auf dem »e«, von denen man nie wußte, in welche Richtung sie wiesen, oder das kleine Anhängsel unter dem c vor gewissen Lauten; die Vokale, die man immer sah und nie hörte, schrieb er gern ab, dabei hatte er die Sicherheit, kaum Fehler zu machen. Er merkte auch, daß das Kopieren der Mönche des Mittelalters nicht viel anders gewesen sein durfte und daß es viel mehr Aufmerksamkeit und Klugheit verlangte, als man glaubte.

So ließ man ihm, damit es auch wirklich Strafe sei, immer öfter nur noch die Wahl zwischen Essensentzug oder Rute, und wenn er allzu »wild« wurde, Karzer bei Trokkenbrot, Wasser und morgend- und abendliche Auspeitschung. Es war zu einer Art verläßlicher Zeiteinteilung geworden, eine sichere Welt, in der er sich auskannte, von der er alles wußte und die ihn sonderbar beflügelte.

Die Linsensäcke standen im Rucksack hinten heraus, anders als die Brote, und es war ihm, als wüchsen ihm Zusatzkörper, als trüge er sich da selber durch die Straße.

Einmal, als er gerade aus dem Kaufmannsladen gekommen war, hatte er einen Kumpanen getroffen, einen solchen wie er, den er gut kannte, der hatte ihn irgendwann auf dem Dorfplatz angeredet und ihn sofort als seinesgleichen erkannt. Es war ein nicht mehr ganz junger, klein-rundlicher, immer schlecht rasierter Mann in um die Beine schlenkernden, zu kurzen Hosen, die die Knöchel sehen ließen, und alter, verbrauchter Joppe, der hier und da für kleine Gelegenheitsarbeiten gebraucht wurde, in irgendeinem Korridor schlief und von dem einen oder anderen verköstigt wurde. Bei Kälte durfte er neben dem Herd in der Küche eines Wirtshauses schlafen. Schon öfter hatte er ihn beim Ausspannen der Schlitten im Winter helfen sehen oder wie er im Sommer Pferdemist schaufelte oder von einem Laden in den anderen zum Ein- oder Auspacken gerufen wurde.

Sonntags trank er sich voll, und das hatten einige der Großen des Internats eines Sonntags, als sie freien Ausgang hatten, ausgenutzt. Sie hatten ihn auf der Straße, die am Heim vorbeiführte, angetroffen, ihn eingeladen mitzukommen, ihn zur Schwebebahn befördert und ihn bis zur Kneipe ganz oben auf dem Mont Joux hinaufgeführt. Da hatten sie ihm Liter um Liter bezahlt, und kurz vor Ladenschluß waren sie wieder heruntergegangen bis zur

Hochstation der Schwebebahn und hatten gewartet, bis er herunterkam. Der Arme war derart besoffen, daß er den steilen Abhang nur noch herunterkollern konnte, stellenweise liegen blieb, sich wieder aufrichtete, ein paar Schritte zu gehen versuchte und wieder umkippte und so weiter, sie hatten ihn einfach liegen lassen, waren mit der letzten Bahn heruntergefahren und hatten sich unten vor Lachen gebogen, und er, Arthur, er hatte ganz besonders laut mitgelacht, da nicht er gemeint war.

Und er, Arthur, schämte sich immer, wenn er von ihm angeredet wurde, jeder konnte erkennen, daß sie eigentlich zusammengehörten, da doch beide umsonst ernährt wurden und zu kaum etwas gut waren. Sie waren beide Sonderlinge, er allerdings aus »gutem Hause«, nur daß es bei ihm noch schlimmer war, zusätzlich albern und prätentiös, er fing nämlich zu dichten an, in einem Heft, mit Bleistift. Es waren sogar gereimte Gedichte über Schnee und Eiszapfen, über Herbstblätter, die im Wind über die Dörfer dahinwirbelten. Er schrieb sie im Repetiersaal oder auf zusammengefalteten Heftblättern, deren Dicke dann als Untersatz fungierte, während er in den Bauernhöfen Milch holen ging, auf einem Stein sitzend oder einfach im Moos, wie die großen Dichter, die er im Lesebuch entdeckt hatte.

Die Begeisterung hatte ihn erfaßt, er hatte *»Le lac«* (Der See) von Lamartine und *»La mort du loup«* (Der Tod des Wolfs) von Vigny gelesen, er hatte sogar um den stolzen Wolf geweint, und es wurde auf einmal weltweit in ihm, Gedankenschwaden brachen aus ihm heraus, die ihn in unerwartete Geisteshöhen führten. Es dichtete in ihm jetzt unaufhörlich, an den Fingern zählte er die Hebungen ab, und es war ihm, als sei er zum Dichter berufen; wobei er sich auch ein wenig als ein Auserwählter fühlte und sich dabei noch schäbiger und lächerlicher vorkam als sein Straßenkomplize. Zum Glück schien man im Dorf nicht zu ahnen, wie es dem Dichter unter der Heimfuchtel erging.

Sein Unglückskumpel war diesmal Schild beschultert, er trug es weit über sich hinausstehend, und darauf zu lesen stand: *Hôtel de l'Ermitage. Sans partage. Tous les avantages. Repos, luxe, calme.* Mit dem beidseitig aufgedruckten, rotumrahmten Werbegestell auf den Schultern, lesbar über alle Köpfe hinweg, zog der andere durch das Dorf, Arthur nicht ganz unähnlich, der mit seinem Linsensack auf dem Rücken ein wenig vornübergebeugt gehen mußte, und so ergingen sie sich gleichzeitig durch das Dorf, beschultert und beschriftet, eselhaft und beladen, aber nützlich.

Das wäre etwas für ihn, er könnte sich damit später einmal nützlich machen, seinen Unterhalt verdienen und unsichtbar werden, als Zahnpastatube, Weinflasche, Konservendose oder Teekanne verkleidet würde ihn keiner für ihn selbst halten, selbstgeschützt könnte er sich derart für einen anderen halten, von dem keiner wüßte, wer er war.

Er sah sich beschriftet durch das Dorf gehen, warum sollte er auch nicht den großen Zylinder, der als Schild vor dem Laden des Hutmachers hing, als Reklame auf seinen Schultern aufgesattelt durch die Straßen tragen? Und er wüßte nicht mehr, ob er oben oder weiter unten anfinge, würde sich allmählich Hut fühlen mit Krempe, mit eigener Hand könnte er die seidenen, glänzenden Dellen wienern und auf Hochglanz bringen. Der Hut würde ihn vor dem Regen schützen, eine Behausung, die ihm sogar noch Geld einbrachte, zwar wenig, aber immerhin. Müde, könnte er sich herunterschnallen und sich neben sich selbst am Wegrand abstellen, und die Passanten wunderten sich, einen so großen Hut an eine Hecke gelehnt zu sehen, ohne jemanden darunter.

So wäre er zu etwas gut, und der Hutmacher würde alle seine Ladenhüter los sein. Zur Belohnung würde er ihn vielleicht ins Prieuré mitnehmen, dem Restaurant auf dem Platz neben der Kirche, es führten drei Stufen hinauf. Einmal hatte er sich getraut, hinaufzusteigen und so zu tun, als gehe er den Steg entlang zur Kirche, die Fenster standen offen, noch nie hatte er ein Restaurant von innen gesehen, es standen weiße Servietten auf den gedeckten Tischen, und er malte sich aus, wie er da sitzen würde und eine große Portion Nudelauflauf in sich hineinstopfen.

Von Nudelauflauf hatte er die ganze Kriegszeit geträumt, in einer braunen, oben ein wenig schwarz angelaufenen Form, mit der Nudelkruste darin, manche angebackenen Nudeln eigelb, andere nach oben gerichtete mit dem Loch in der Mitte, schon von der Hitze ein wenig angetrocknet, und das Durchschneiden der Nudelmasse mit der Kruste, die leicht federnd nachgeben würde, und im Mund hätte man dann den vollen, ein wenig rundlichen, satten, wundervoll beruhigenden Geschmack.

Jedesmal hoffte er, daß der Kaufmann ihm irgendein Häppchen zu essen schenken würde, einen Riegel Schokolade oder ein Stück Wurst oder eine Scheibe Käse, aber nie bekam er etwas, und dabei hatte er immer Hunger. Sich mit Essen füllen und im Gras liegen, prallvoll, auch das gehörte zu den alltäglichen Träumereien.

Indem er so weiterging, kam er am anderen Kaufmann vorbei, bei dem das Internat nicht kaufte, weil er keinen Rabatt geben wollte, und bewunderte da die ausgestellten Konservenbüchsen, eine fast das ganze Schaufenster ausfüllende Pyramide. Auf jeder der runden Büchsen sah man einen Fischer mit einem breiten Hut und einem Fisch in der Hand abgebildet, es waren Thunfischbüchsen, und da kam es ihm als Umkehrbild: eine riesengroße Thunfischdose, man hätte die runde Flanke aufgeschlitzt, und er würde sie als Fischreklame wie den Hut durch das Dorf tragen, unten würde man nur die Beine durch die Straßen trippeln sehen, er würde beschriftet sein, wie es sich für Schachteln oder Dosen so gehört, durch den Schlitz würde er den Weg sehen. Es machte ihm Spaß, sich in Gedanken die Stellen auszusuchen, wo er sich abstellen würde und vor sich selbst dosenhaft an die Mauer gelehnt sich wie im Spiegel erblicken können, grotesk, gelb und übergroß.

Als Kind, damals noch in Deutschland, zu Vorkriegszeiten, hatte er einmal ein als Kaffeekanne verkleidetes Reklameauto gesehen, und auch diese Erinnerung kam ihm erst jetzt mit anderen verdrängten Bildern wieder. Er hatte Übung genug darin, nicht mehr den lebensgefährlichen Bildern der Eltern ausgesetzt zu werden, sie waren für immer abgedrängt, er wußte, wie man es machte, wie man sie abschaffte, sich nicht mehr der Gefahr aussetzte, ihnen zu verfallen, um nicht vor Heimweh aufzuheulen. Dafür aber konnte er so manche ungefährlichen Erinnerungsbilder heranlassen, an denen man nicht vor Kummer erstickte.

Heimweh, da war das Zuhause so nah, daß man mit der flachen Hand am Haus entlangfahren konnte, daß man das Gras an den Knöcheln fühlte, es war alles da, und doch war es unerreichbar, und dabei stand alles noch wie es war, bloß daß man selbst nicht mehr da war, und man heulte auf, und die Tränen schossen einem waagerecht aus den Augen.

So also war die fahrende Kaffeekanne auf einmal da, er sah, wie er sich selbst durch die Tülle ausgoß, eine schleimige, weißliche, ein wenig klebrige Flüssigkeit, die sich durch die Straßen ergießt, über die Türschwellen schwappt, die dann austrocknet, eine weißlich graue Kruste bildet, die allmählich abbröckelt, jeder würde sofort wissen, daß er es war, der so die Straßen verunreinigte und den man an der Straßenecke in die Kehrichttonne schüttete.

IV

Daß er nun unabänderlich er *selbst* sein *mußte* und kein andrer sein konnte; – daß er in sich selber eingeengt, und *eingebannt* war – das brachte ihn nach und nach zu einem Grade der Verzweiflung, der ihn an das Ufer des Flusses führen mußte, welcher durch einen Teil der Stadt ging, wo dasselbe mit keinem Geländer versehen war.

Karl Philipp Moritz, *Anton Reiser* (Dritter Teil)

Er dachte öfter an den Tag seiner Rückkehr ins Internat im September 1944, wie er so lange oben auf der Straße stehengeblieben war; fast zwei Jahre waren seitdem vergangen, und nach und nach hatte er zu sich zurückgefunden. Die Geschichte hatte ihm zugearbeitet, er konnte sich wieder ungestört und in aller Sicherheit seiner Nichtigkeit erfreuen, kein Mensch trachtete mehr nach seinem Leben, allmählich hatte sich auch sein Atem wieder zurechtgelegt; unbesorgt brauchte er sich nur hinzusetzen, und schon bekam er zu essen: Margarinekartoffeln und amerikanisches Konservenfleisch, Marmelade als Nachtisch, was wollte er mehr? Dazu hatte er vor sich auf dem Tisch im Repetierzimmer in einem einzigen Band die ganze französische und sogar europäische Literatur liegen, mit allen Palästen, Schlössern, alle Größen der Welt; Racine, Voltaire, auch Shakespeare und Goethe konnte er in die Hand nehmen und irgendwo hintragen, sogar nach draußen, das alles in einem kleinen Buch, und er stand davor in seinem weißen, länglichen Körper mit dem dicken Hintern und fühlte dabei, wie albern er in sich hineinbaumelte, schinkenhaft im Lebenskamin hängend.

Alle Bilder, alle Einzelheiten, die Fensterrahmen, die Stuhllehnen mit sämtlichen Holzfasern waren in ihm eingezeichnet als Selbsterfassungsmaterial, welches er manchmal – dann, wenn er sich zu sehr schämte, daß er gerade er war – gerne gewesen wäre, als könnte er sich damit ausstatten und abtasten und sich vergessen.

Gern hätte er sich aus sich selber ausgestampft, sich ausgestoßen, nur noch dahinhopsender Preßlufthammer mit verschränkten Armen und krawattiert dazu, oder sich wieder mit der Selbsthaubitze ins Blaue abgefeuert.

Früher setzte man den faulen Schülern Eselsmützen auf den Kopf, auch er hatte sie sich öfter aus Pappe schneidern und sich damit krönen müssen, und wer einmal eine solche getragen hatte, der hat sich überdimensional werden gefühlt, karnevalsartig groß, alle Dächer durchstoßend und sich unaufhörlich um sich selbst drehend unter dem Gelächter der Mitschüler.

Das Groteske des Dahinwandelns unter allen anderen; wie man sich so plötzlich abstehen fühlt, trotz aller vornehmen und hochtrabenden Dichterei, das aberwitzig Komische der Körperlichkeit, das empfand er jeden Tag mehr. Die Selbsthaubitze hatte er inzwischen noch verbessert, wie sie ihn durch die Landschaft schoß, über alle Berge. Er steckte sich in die blankpolierte Röhre, und, plumps!, mit im Rücken gebundenen Händen schnellte er splitternackt über das ganze Tal, Praz-sur-Arly war in Sicht mit der schnurgeraden, in der Sonne blinkenden Landstraße, die kurz zuvor geteert worden war, und schon, plumps!, steckte er im Morast, kerzengerade, und oben wippten Waden und nackte Sohlen in der frischen Luft, um die Ohren gurgelte es ihm, und er biß die Zähne zusammen, um keinen Schlamm zu schlucken. Sonderbar, wo er doch das weiße sahnig Flüssige auf dem Dachboden anstandslos schluckte.

Da, wo er stand, hätte genausogut ein anderer stehen können. Ihn hätte es nicht geben dürfen, und trotzdem war er da und fraß sich auf Kosten anderer voll.

Er war ein »unnützer Esser«, und dabei hatte sich seine Beschützerin, die für ihn aufkam, immer noch nicht gemeldet, auch sie hatte von ihm genug, wollte sich nicht mehr um ihn kümmern, sie hatte es herausbekommen: Sie ernährte doch nur einen Schmarotzer, und einen unsauberen dazu. Als Lampenschirm, das war doch das Los mancher Deportierter gewesen, wäre er mindestens zu etwas gut gewesen.

Solche Vorstellungen kamen ihm immer wieder, gerade jetzt, es war November 1945, wo er nicht mehr in der Küche zu arbeiten brauchte und man sich in den Kopf gesetzt hatte, ihn auf das Abitur vorzubereiten: In der Lokalzeitung *Le dauphiné libéré* würde es vielleicht dann so aussehen:

»Junger Flüchtling besteht erfolgreich Abitur« oder auch: *»Im Collège Florimontane wieder ein Erziehungswunder: Fräulein Marie-José Lucas, die verdiente Leiterin des Internats Collège Florimontane, will einen jungen Deutschen jüdischer Herkunft, den sie vor den Razzien der Nazis schützte, bis zum Abitur bringen.«*

Den ganzen vorherigen Sommer war am Balkon ein Transparent befestigt worden: *»Cinq présentés, quatre reçus«* (Fünf Schüler wurden auf das Examen vorbereitet, vier haben es bestanden). Und er hatte sich immer geschämt, wenn er hinter dem Transparent stand und vom Balkon aus »die Aussicht genoß« und die Passanten, unten im Tal, meinten, er wäre einer jener erfolgreichen Schüler, wo er doch faul war und nichts konnte.

Und nun sollte er an der Reihe sein, als Werbungsstück und Aushängeschild ausgestellt werden. Vor kurzem hatte die Direktorin ihn im Studiersaal aufstehen heißen und gesagt, sie wolle ihn, wie sie es seiner Kusine damals versprochen hatte, trotz allem bis zum Abitur bringen, sie würde ihn weiter an die Kandare nehmen, und er könne erwarten, nicht verschont zu werden. *Acris verberibus,* mit »beißender Rute«, werde sie mit ihm verfahren. Sie werde noch strenger mit ihm umgehen als zuvor, denn sie habe seit seiner Rückkehr gemerkt, wie sehr Rute oder Peitsche an ihm wirkten, wie sehr er sie brauchte, was für Fortschritte er auch im Benehmen seitdem gemacht habe.

Zum Glück hatte niemand erfahren, was sich kurz vor dem Abgang des im Internat arbeitenden Kriegsgefangenen ereignet hatte, was dieser ihm gezeigt hatte. Nach der Befreiung des Landes wurden viele deutsche Gefangene den Bauernhöfen, kleinen Fabriken oder Anstalten als unbezahlte Aushilfen zugeteilt. Auf diese Weise entkamen sie den Internierungslagern und hatten es gut. Zwei von ihnen waren in der Internatsküche angestellt worden.

Kurz bevor er woanders hinbeordert worden war, hatte Arthur einen der beiden auf der Treppe, in den Etagen, wie es hieß, getroffen. Er war oben, im Duschraum, gewesen und hatte sich da, trotz des Verbots, eingeschlossen, um, da es an ihm stand und ihn nicht in Ruhe ließ, mit sich selber zu spielen. Er hatte inzwischen viel gelernt und wußte, daß ein wenig Feierlichkeit dazugehörte, daß es jedesmal wie ein heimliches Fest sein sollte, wozu man kaum Gelegenheiten hatte. In Gedanken hatte er sich schon Waldstellen und Lichtungen oder menschenleere Wiesen erdacht, oder Moosteppiche, wo man sich ungesehen frei machen konnte, von oben bis unten, und sich dabei vorstellen, wie man im Schulraum vor den jüngeren Vierzehn- und Fünfzehnjährigen mit der Rute gezüchtigt würde und wie man nach der Strafe seinen Dank aussprechen müßte.

Er wußte, daß jenes Bild in ihm zu jeder Zeit verfügbar wäre, mit dem Vorteil, daß es jedesmal das im Kummer aufkommende Bild der Mutter verdeckte, ihn davor in Schutz nahm, denn an die Eltern durfte er nicht denken, wenn er das Leben weiter entdecken wollte, die Abenteuer der Zukunft erleben, dann durften ihm die vor Auszehrung gestorbene Mutter, der verschollene Vater, das Haus und der Garten nicht mehr in den Sinn kommen; er wollte nicht mehr vor Heimweh vergehen wie früher, vor noch drei oder vier Jahren.

Wenn er sich jetzt vor Schmerz unter der Rute aufbäumte und schrie und sich trotz seines Alters noch wie ein kleiner Junge gebärdete und bettelte und flehte, so hatte ihn die Strafe doch gerettet, vor der Mutter in Schutz genommen. Schmerz und Scham waren derart groß, daß sie keinen Platz mehr ließen für die Erinnerung an die Mutter, denn nie, niemals durften die anderen Bilder in ihm aufsteigen. Waldbilder mit Fahrradsirren im Sand und Nabenknacken, das leise Knistern, wenn die Reifen über Herbstlaub fuhren, und die Stimme der Mutter, die sich immer wieder im Sattel umdrehte und sehen wollte, ob man auch mitkam, und Unverständliches nach hinten rief, wenn man schon, zwischen den grün angehauchten Buchenstämmen, das Gartenlokal sah, das er so liebte, wo er immer seine Leibspeise, Bratkartoffeln mit Spiegeleiern, bekommen hatte.

Als er gerade dabei war, sich im Duschraum unten frei zu machen, hörte er ein Geräusch und tat so, als wasche er sich die Hände, im Gang stieß er dann auf den Gefangenen, und es war, als ob dieser auf ihn gewartet, ihm aufgelauert hätte; der Gefangene hielt ihn mit erstaunlicher Kraft am Arm fest, so daß er vor Angst kaum noch Atem bekam, aber der andere zog nur ein kleines Päckchen aus der Tasche, ein winziges Portfolio mit einer ovalen Öffnung, das er aufschlug und die Fotos, die es enthielt, mit dem Daumen vorschob. Man sah von ganz nahe geknipst, was man nicht sehen durfte, was man ganz im geheimen sich manchmal selbst vorzeigte, wenn es einen überkam und man nicht wußte, was einem geschah, als gehöre man sich selber nicht mehr; es stand aus einem heraus, und man bekam es jedesmal nach der Züchtigung oder wenn man in die Ecke gestellt wurde oder sogar, wenn man auf einem kantigen Lineal zu knien hatte. Davon sprachen die Mitschüler unentwegt, die »es« oft zusammen machten und streng bestraft wurden, wenn man sie dabei ertappte.

Auch ihn hatte man schon öfter dabei überrascht und

entsprechend bestraft, aber gerade die Strafe war es jedesmal, die ihn wieder dazu anregte. Mit anderen zusammen. Nachts im Schlafsaal sah man kaum, was man so genau mit den Fingern umfassen, streicheln, erforschen und kniend an dem anderen, der sich aufbäumte, in den Mund nehmen konnte. Auch auf dem Dachboden sah man es kaum, wenn es einem warm und glattrund zwischen die Lippen geschoben wurde und man sich dankbar, gefügig ergeben und erfahren zeigte und man sich auf seine Schultern stützte und verhalten aufschrie. Dabei empfand man jedesmal eine unerklärbare Erregung, eine sonderbare Genugtuung, eine sanfte Befriedigung, daß man doch zu etwas gut war. Immer mehr vereinnahmte es nun seine Gedankenwelt, die dabei stets um die erlittenen Strafen kreiste, im Schlafsaal hörte er das Hecheln des einen oder des anderen, und mit immer geschickteren Fingern streifte er die Vorhaut herauf und herunter, bäumte sich auf, ließ sich liegen und fing wieder an bis zum unvorstellbaren Aufzucken, bis zum gotthaften Wunder.

Vor seinen Augen stand das nun steif, mit den hervortretenden Adern und dem aus der Vorhaut herausstehenden Nillenkopf, bei jedem Foto anders. Er konnte sich nicht abwenden, wie gefangen von dem, was er da sah, angeschwollen, aufragend, widerlich-faszinierend, und er stellte sich die Gesichter vor, was sie sich gedacht haben könnten.

Plötzlich riß er sich los und lief die Treppe herunter, er hatte es viel länger angesehen, als daß der andere seine Verwirrung nicht gemerkt hätte, und war so wieder einmal schuldig geworden, er hatte sich wieder einmal vergangen, am selben Zeug, das an ihm pochte, und es war ihm, als könne nur eine Strafe alles wieder zurechtrükken. Vielleicht hatte der Kriegsgefangene etwas im Sinn, wovon er schon gehört hatte und das ihn heimlich anzog und zugleich entsetzte. Einer der Mitschüler hatte einmal von einem Onkel erzählt, der in einem warm geheizten Zimmer etwas mit ihm gemacht hatte, mehr hatte man nicht erfahren, der Jüngling meinte, er hätte Erfahrung, und es sei »etwas Besonderes« gewesen. Auf einer Seite in ihm stand das Verbotene, auf der anderen war die unausgefüllte Leere, die nur von einer besonders scharfen Strafe ausgefüllt werden konnte, es war wie ein Sog, der ihn forttrug.

Schuldig an dem, was er gesehen hatte, knallte er die Tür des Repetiersaals, aus dem er ohne Erlaubnis herausgegangen war, so laut zu, wie er nur konnte, und da man es ihm vorwarf, knallte er sie abermals und noch lauter und mußte in das Wäldchen herunter, sich das Entsprechende brechen. Und obgleich er diesmal trotz aller Gewöhnung unter der Strafe geschrien und gebettelt hatte, war es wie eine Rettung aus dem Lasterhaften gewesen, eine Erlösung, fast wie eine Neugeburt, die Strafe, das wußte er, würde ihn nun jedesmal erlösen.

Zwei Kriegsgefangene waren es gewesen, die man dem Internat zugeteilt hatte. Sie waren im September bei der Befreiung Hoch-Savoyens von der amerikanischen Armee nach dem Débarquement gefangengenommen worden und in ein Lager im Arvetal gesteckt worden, da man aber nicht wußte, was man mit ihnen machen sollte, wurden sie fast alle den Bauern, Handwerkern und Fabriken als unbezahlte Arbeiter zugewiesen, sie bekamen gut zu essen und freuten sich, dem Barras entkommen zu sein. Der Junge war unten im Tal mitgewesen, um sie abzuholen, da er doch deutsch konnte, würde er dolmetschen können, hatte die Direktorin ihm gesagt.

Wochenlang schon war davon geredet worden, und daß er vielleicht mitkommen sollte. Seit sechs Jahren war er nirgendwo anders gewesen als im Umkreis des Dorfes, er war auch nicht mehr gefahren worden, nicht einmal auf einem Pferdewagen, und dabei hatte er sich das Fahren immer wieder gewünscht, es war jedesmal ein Abenteuer. Ab und zu hatte er von oben die Türen eines Autos zuklappen hören oder eines durch das Dorf fahren sehen, aber eingestiegen war er noch nie, und schon der bloße Gedanke, daß er fahren, in einem Fahrzeug stehen oder vielleicht sogar sitzen und in Begleitung des Geräusches die Landschaft vorbeiziehen sehen würde, war so aufregend, daß er es vor ungeduldiger Vorfreude kaum aushielt. Von morgens bis abends dachte er daran, vom Dorf aus sollte man mit dem Landbus ins Tal fahren und von da an sogar eine kurze Strecke mit der Eisenbahn, und gerade das war das Besondere. Bei gewissen Wetterlagen war es vorgekommen, daß er ganz in der Ferne den Schnellzug gehört hatte, der die Touristen von Paris her- oder zurückbrachte, und jedesmal hatte er davon geträumt, wieder Zug zu fahren.

Auch während der Besatzungszeit hatte es immer welche gegeben, die im Zug aus Lyon oder sogar Paris gekommen waren. Schon von weitem erkannte er sie, sie gingen anders, leichteren Schrittes, und waren auch anders angezogen und sprachen anders. In ihnen war eine Kenntnis, eine Erfahrung, sie trugen Bilder in sich, von denen er nichts wußte, aber von denen sie erzählen konnten, und so versuchte er, sich mit ihnen anzufreunden, um erzählt zu bekommen, wie es war. Und nun sollte er auch Zug fahren.

Eine Woche zuvor, am schwindelerregend abschüssigen Abhang, unter dem schräg abgeschnittenen Himmel, war er brotbeladen den kleinen Pfad heraufgestiegen, so steil, daß das Gras am Straßenrand die Spitzen der Tannen zu streifen schien, die so viel tiefer wuchsen. Der Pfad durchzog den Abhang ohne jede Nadelkurve und führte schnurgerade zur Straße hinauf. Zur Linken auf seinem Granitsockel stand das Internat über der Landschaft, und es war, als kippte es über das Tal unter den vorbeiziehenden Wolken. Von da ab bis ganz oben war man vom Büro der Direktorin aus ununterbrochen sichtbar.

Im Sonnenschein hatte er weiter oben am Weg plötzlich ein Blinken, ein Aufblitzen wahrgenommen, welches sofort wieder verschwand, er schritt zurück und stellte sich genau so, wie er es gesehen hatte, etwas lag da im Gras und glänzte, ein Stück Glas vielleicht oder eine Flasche. Bei der leisesten Bewegung war der Glanz weg. Der Jüngling stieg weiter hinauf, als hätte er nichts gesehen, am Fenster hätte die Direktorin an seiner Körperhaltung gemerkt, daß er etwas Besonderes im Sinn gehabt hätte. Beim Näherkommen merkte er, daß da ein Gegenstand lag, dicht am Wegrand. Er tat für sich selber den Ermüdeten, schnallte, nahe schon am Heim, den Rucksack ab und setzte sich ins Gras, es war ein silbernes Spielauto der Marke »solido«, ein französischer Panhard-Levassor, es war alles dran: die lange, elegante Motorhaube, Gehäuse, Kofferraum, Winker, Notrad, richtige durchsichtige kleine Scheiben, ein verchromtes Spielzeug.

Das kleine silberne Gefährt lag einfach am Wegrand, noch nie hatte er ein solches gesehen, ein Spielzeug für betuchte Kinder, wie er sie ab und zu im Internat gekannt hatte, wo sie immer nur zwei, drei Tage blieben, die feine Kleider trugen und in Begleitung des Chauffeurs daherkamen, der sie einfach wie Gepäck abstellte, oder manchmal von pressierten Eltern in Pelzmänteln abgegeben wurden. Sie wohnten meistens im Hôtel du Mont d'Arbois, dem Luxushotel auf dem Hochplateau, in dessen Nähe er sich nicht einmal getraut hatte. In der Stadt bewohnten sie riesige Wohnungen am Boulevard de Courcelles, mit dreifenstrigen Salons und Perserteppichen; Diener öffneten ihnen die Türen und nannten sie »Herr«. Sie sprachen schon mit festen Stimmen und gingen in sorgfältig gebügelten Hosen. Manchmal kamen sie auch in Begleitung ihrer Gouvernanten herauf, und unten im Dorf sah man den Chauffeur neben dem schwarzlackierten Wagen warten.

Die Direktorin, als wolle sie sich rechtfertigen, hatte erzählt, daß sie von ihren Gouvernanten häufig mit dem Rohrstock gezüchtigt würden, trotz allen Reichtums, hatte sie hinzugefügt.

Er hatte einmal in einem englischen Buch, das einem

solchen Mitschüler gehört hatte, eine Abbildung gesehen, die einen schon größeren Jungen darstellte, vornehm wie die Schüler aus Eton, mit einer frackartigen dunklen Jacke und zugeknöpfter Weste bekleidet; am hohen steifen Kragen trug er eine elegante Fliege, er war im Hemd, dessen Ende ihm bis in die Mitte der nackten Schenkel reichte, man sah, wie ihm die Strippen der Hosenträger aus der Weste schauten, über der Brust hing ihm eine Tafel mit der Inschrift *»to be birched«*. Seine Schenkel waren völlig nackt, und die Strümpfe reichten ihm unter die Knie, er trug Schnallenschuhe an den nach innen gedrehten Füßen, er schämte sich, man sah es ihm an den geröteten Backen an, am gesenkten Blick. Dicht hinter ihm stand eine stattliche, nicht mehr ganz junge Frau, die sehr entschlossen und streng aussah, sie war in Bluse und steifem Kragen und trug in der Hand eine gebundene lange Rute mit einer Schlaufe. Unter dem Bild stand in kleinen Buchstaben *Drawing by Curtus.* Vielleicht hatte das Spielzeug einem solchen sehr reichen Jungen gehört, der, wie es sich gehörte, regelmäßig von seiner Gouvernante bestraft wurde.

Auf dem Dachboden hinter einem Backstein, am Balkenansatz, hatte er ein Bild versteckt, das er sich aus dem englischen Buch seines Mitschülers ausgeschnitten hatte. Es war einige Seiten weiter als das erste und stellte einen von rechts kommenden, größeren, bis zu den Hüften herauf völlig nackten Jungen dar, mit einer Matrosenmütze mit Bändern, wie sie Ende des 19. Jahrhunderts Mode war. Ansonsten trug er nur eine sehr kurze Joppe, die ihm kaum bis zum Nabel reichte, an den nackten

Beine trug er kurze Socken und Filzpantoffeln, zum Berühren nahe kamen ihm zwei Damen entgegen, gegen die der Knabe die linke Hand ausstreckte, um sich zu schützen oder sie abzuweisen, während er in der rechten eine sorgfältig präparierte und zurechtgestutzte gebundene Birkenrute mit Schleife hält, an ihm steht steif und gerade das Geschlecht hoch. Eine der Damen hat eine Stielbrille in der Hand, schaut den bestraften Knaben an und öffnet den Mund vor Entrüstung, sie ist sehr elegant gekleidet und trägt eine hochgekämmte Frisur, hinter ihr steht eine Zofe mit Schürze, eine sehr feine Reitpeitsche in der Hand.

Unerwartet kam ihm die Erinnerung an einen kleinen viereckigen Stich, den er in einem Lesebuch angeschaut hatte, man sah in der Mitte einer sehr armen Wohnung, deren offene Tür direkt auf die Straße ging, eine schöne, reich gekleidete Dame in Mantille und Krinoline auf einem Stuhle sitzen, den Sonnenschirm am gestreckten Arm auf den mit Fliesen belegten Boden gestützt; an der Wand standen, ehrfurchtsvoll blickend, der Vater, die Mutter und die Kinder, ärmlich in Schürzen und Bauernblusen gekleidet, im Hintergrund erblickte man durch die offene Tür einen umgekippten Schauwagen, gegen den sich Diener stemmten, während das Pferd in der Ferne graste. Eine solche Dame war bestimmt sehr streng.

Der Stich hieß *»L'accident«* (Der Unfall), und er hatte ihn immer fasziniert angeschaut, es hatte ihn gewundert, daß es solche Unterschiede gab, als könne man vom Reichtum der anderen aus dem eigenen Haus abgedrängt werden, und er wußte, was auch aus ihm werden würde, er gehörte doch zum Bereich der Krinolinen und der gestrengen Damen: zu Hause hatte es große Räume und Perserteppiche, ein Musikzimmer mit Flügel gegeben, und doch hatte er sich bei den Bauern, bei welchen er Unterkunft gefunden hatte, so wohl gefühlt wie noch nie, jede Begebenheit des Alltags war für ihn zu einem unvergeßlichen Ereignis geworden, und wenn der Bauer von der Familie redete, glaubte er, es sei die seinige. Wenn er Touristen vorbeikommen sah, wußte er, das war nicht mehr seine Welt. Solche reichen Knaben würden für ihn doch nur Verachtung übrig haben, sollte er einem von ihnen zufällig lebensmittelbeladen auf der Abkürzung begegnen, würde der andere, dessen war er sicher, ihn mit halb zugekniffenen Augen von oben herab anblinzeln.

Mit unmerklichen Gesten, als stütze er sich im Gras auf, hatte er das kleine Auto in seiner Skijoppe versteckt, die er auch sommers trug, da er kaum etwas anderes zum Anziehen hatte. Man kleidete ihn in die überlassenen Reste der weggefahrenen Internatsschüler, und so trug er selten etwas Passendes, die Hosen waren immer zu kurz und die zerschlissenen Jacken, soweit es eine für ihn gab, stets zu lang.

Das kleine Auto war schnell in seinem Fach aufgefunden worden. Den Diebstahl, dessen man sicher war, konnte er nicht gestehen; einmal mehr konnte er nicht erklären, da es nichts zu erklären gab und man ihm sowieso nie glaubte. Dieb hatte man ihn genannt. Niemand aber hatte irgend etwas verloren, keiner entbehrte ein Spielzeug. Kein Kind wollte es zurückhaben.

Um ihn zum Geständnis zu bringen, hatte man zur Rute gegriffen und mit Rausschmiß gedroht. Er hatte sich den Unwettern ausgesetzt vorgestellt, auf den Landstraßen dahinbettelnd wie Romain Kalbris oder Rémi in *»Ohne Familie«,* und wieder einmal hatte er sich die entsprechenden Hasel- und Birkenzweige geschnitten und gewußt, er würde auch diesen so langen feinen Zweig lebenslang zwischen den Fingern gleiten fühlen, wie die vielen anderen, die er sich hatte brechen müssen. Bei jedem erinnerte er sich genau, an welchem Haselstrauch er ihn gebrochen hatte, an die Glätte der Rinde, an die manchmal grüngrauen Stellen dazwischen, wie sie sich in der Hand angefühlt und vor allem welchen Schmerz sie verursacht hatte, er kannte sich aus und suchte sich immer die schon reiferen, härteren, deren Holz zäh war, die besonders scharf zogen. Dann war er stolz, unter von ihm selbst vorbereiteter Strafe zu weinen. Und an das Sirren der Blätter, die er abstreifte, würde er sich auch lebenslang erinnern, wie ihn das von ihm selber befreite. Er bekam die Rute auf dem Hocker, wie ein kleiner böser Junge, und heulte dabei vor Verzweiflung. Er schrie seinen Haß, seine Scham, seine Mordlust heraus, man hatte ihn durchs ganze Haus gehört.

Wieder hatte er das kragenlose, vorne lange, hinten kaum bis unter die Schultern reichende Strafhemd anziehen müssen, und wieder hatte er trotz seines Alters geweint, gebettelt, gefleht, aber weder war er, wie befohlen, aus der Strafstellung gewichen, noch hatte er nachgegeben. Anschließend aber hatte er sich schreiend mit noch gefesselten Händen auf dem Teppich hin und her gewälzt bis an die Füße der Zuschauer, aber war dennoch trotz aller Scham wieder stolz gewesen, derjenige zu sein, den man derart strafte, und wieder wurde er drei Tage bei Brot und Wasser eingeschlossen und morgens und abends im kurzen Strafhemd ausgepeitscht.

Es wurde herumtelefoniert, aber niemand hatte irgendwelches Spielzeug verloren. Und wieder war er, wenn er sich in der Kammer ausgeweint hatte, vom Seinstaumel erfaßt worden, davon, daß er am Leben war, den Himmel sehen konnte, atmen und frei gehen. Sonderbarerweise befreite ihn die Strafe von der Angst, umgebracht zu werden, sie bewies ihm, daß es ihn noch gab, daß man sich mit ihm umgab, sich um ihn kümmerte, vielleicht sich sogar über ihn unterhielt, und sei es auch nur, um das Strafmaß zu bestimmen.

Und nun war er ins Büro gerufen worden, weil man ihn zum Dolmetschen brauchte. »Für diesmal will ich Ihnen gerne glauben, aber Sie sollen wissen, wenn es dies eine Mal vielleicht auch unverdient war, so tut es gerade Ihnen doch immer besonders wohl, dadurch werden Sie erst recht artig, das wissen Sie doch selber, mein Junge. Ich werde Sie noch öfter auf diese Weise strafen, acris verberibus, dazu ist man nie zu groß. Übrigens glaube ich, mein Kind, die Rute ist gut für Ihre Seele, Ihre Augen leuchten so schön nach der Strafe.« Plötzlich legte sie ihm den Arm um die Schulter, gab ihm einen Kuß auf die Wange und sagte: »Dummer Junge, Sie wissen doch, wie lieb ich Sie habe«, und der Jüngling brach in Tränen aus und wollte ihr die Hand küssen, traute es sich jedoch nicht, obgleich er vor Freude glühte.

Sie hatten den Morgenbus nach Sallanches genommen, der noch mit Holzgas fuhr, die Direktorin und er. Er war aus Blech, und es klapperte und schrillte an jeder Kurve, eine lange gefensterte Kiste, die sich selber nachfuhr und deren Ende noch nicht da war, wenn der Anfang schon vorbei war. Man wurde sitzend oder sogar stehend gefahren, als wäre man Zubehör, mit dem ganzen Gehäuse. Gerade das war das Sonderbare, daß sogar Teller und Stühle, Messer und Gabeln oder bloße Sitze einfach so, wie im Märchen, durch die Landschaft befördert werden konnten.

Er stand neben Fräulein Lucas im Gang, sie meinte, die Sitzplätze wären für ihn zu schade und jemand bedürftiger könne unterwegs zusteigen. Er war stolz, neben ihr zu stehen und auszusehen wie irgendein Jüngling, den man in die Stadt hinunterfuhr. Vergaß er, daß sie ihn, wenige Tage zuvor, hatte winseln und flehen lassen, versprechen und ächzen und hüpfen und sich gebärden, vor Scham erstickend, daß er so halbnackt den Blicken aller ausgeliefert war? Oder vergaß er gerade nicht und war im Gegenteil stolz darauf, der einzige unter all diesen Unbekannten zu sein, der davon wußte?

Er hielt sich am Gestänge fest und versuchte zwischen den Sitzenden Landschaftspartien mitzubekommen, aber nur kurze Augenblicke lang hatte er die unermeßliche Talsicht erhaschen können, unter ihm der lange grüne schattengetupfte Abhang, der nicht aufhörte und immer tiefer hinunterreichte; daß es so weit hinunterreichen konnte, wunderte ihn, eine Welttiefe. Ein kurzer Blick hatte genügt, um alles wahrzunehmen, er würde sich das alles wieder ansehen, vielleicht später, wenn er nicht mehr im Heim wäre, es war wie eine Innenlandschaft, die er in sich hatte, eine Erwartung.

Die vorgehaltene Hand genügte, um ganze Gegenden zu verdecken, für die man Stunden, Tage gebraucht hätte, um sie durchzugehen, und die er, ab und zu, zwischen den Fichtenstämmen am Straßenrand erblicken konnte. Dörfer, Straßen, die in Nadelkurven die andere Talseite erkletterten, ganze Wälder konnte man mit einem einzigen Blick erfassen und darüber die ungeheuere Masse des Massiv de Platé. Eine Gegend breitete sich da aus, so weit, daß ganze Ortschaften mitsamt den Entfernungen zwischeneinander Platz darin finden konnten. Hinter den Tannen, ganz in der Ferne, auf der anderen Seite des Tals, verlief eine Straße, auf der ab und zu ein Wagen fuhr.

Manchmal wechselte er die Hand am Gestänge, es war verchromt, glänzend und blinkend, ganz anders als das, was er sonst vor Augen hatte, sonst war alles Metallische mit dicken Farbschichten übermalt und darunter dunkel gewesen. Eigentlich waren nur die Messer der Pflüge beim Bauern richtig blank und die silberne Uhr, die der Bauer ab und zu hervorzog, um sich das Glatte davon anzusehen. Jedesmal hatte er sie mit angesehen, um etwas von dem Glänzenden mitzubekommen. Auch im Internat gab es nichts Glänzendes, alles war entweder abgeschliffen oder matt, die Blechteller oder die Messer. Nur im Büro von Fräulein Lucas stand eine glänzende vergoldete Uhr unter einer Glashaube wie die Monstranz beim Bauern.

Und nun wunderte es ihn, daß dieses verchromte Gestänge schon all die Jahre durch die Talschaft gefahren war, hin und her, ohne daß er je davon gewußt hatte, daß es alles einfach gab, während man davon nichts wußte. Immer hatte es Gesichter an den Scheiben gegeben, die man vorbeidefilieren sah, und welche, die sich in den Kurven an den Stangen festhielten.

Nun war er auch so einer, der da gefahren wurde, den man von draußen sehen konnte, schlaksig, zu üppig an der Taille gewachsen und zu dünn weiter oben, weiblich, mit sauberen Kleidern, die ein wenig zerschlissen und geflickt waren, wie es sich für Waisenkinder gehört. Bei jeder Kurve kam er aus dem Gleichgewicht, und er stellte sich vor, der Bus würde auf einmal umkippen, vielleicht würde man ihn verwundet auffinden, Ärzte würden zur Stelle sein und sich über die zahlreichen verblaßten karminroten oder violetten Striemen wundern: »ein so großer Jüngling, erstaunlich« oder »er muß es verdient haben«.

Und da stand er nun und vibrierte im Takt des Holzgasmotors und wurde zusammen mit allen Fahrgästen geschüttelt und gerüttelt. In einer länglichen gefensterten Schachtel wurde man derart talwärts befördert unter stoffbezogenem Plafond.

Schließlich kam man in der kleinen rechteckigen, hellen Stadt an, die man unterhalb des Abhangs hingestellt hatte. Sie war bestimmt auf einen Zug gebaut worden, alle Häuser glichen sich, man hatte sie einfach in eine Wiese, am grauen Wasser der Arve gesetzt. Obgleich er seit mehreren Jahren in Frankreich lebte und die Sprache zu seiner Schutz- und Lebenssprache geworden war, kannte er nichts als das Dorf, und doch hatte das ganze Land in ihm Platz genommen, samt seinen Umrissen, seinen Flüssen, Gebirgen und Städten, deren sonderbar klingende Namen mit ihren merkwürdigen Schreibweisen plötzlich im Lexikon oder auf Landkarten vor seinen Augen auftauchten: Cahors, Périgueux oder Angoulême, bei denen man an alte Brücken und hohen Kathedralen dachte. Die Vignetten des Lexikons hatten ihm die Geschichte des Landes erzählt.

Im Hintergrund stieß die lange Stadtstraße auf den Bahnhof, den ersten französischen Bahnhof, den er von außen gesehen hatte, mit Korbbogenfenstern und Türen, als spiele er Hotel. Auf dem Bahnsteig stand ein zweibeiniges Schild, als trüge es sich selber, und schwenkte die große Inschrift in Rot SALLANCHES. Wo die Bahnhöfe in die Landschaft übergingen, standen deren Stäbe von Bahnhofsgitter zu Bahnhofsgitter, bis nach Paris, und dieser Name klang rätselhaft voller Überraschungen.

Im Roman *Romain Kalbris* hatte er die Ankunft der beiden kleinen Waisenkinder, Romain und Délette, in Paris gelesen, und er, der nichts auswendig konnte, hatte sofort jene Stelle im Gedächtnis behalten: *»Nachdem wir durch ein Dorf gegangen waren, kamen wir auf eine Anhöhe, und wir erblickten in der Ferne eine Rauchwolke, die über einer riesigen Stadt schwebte, die sich undeutlich zwischen zwei weißen Hügeln ausbreitete; ein dumpfes Raunen wie die Brandung der See.«* Und mit der ausgestreckten Hand hatte er versucht, sich diese Unendlichkeit vorzustellen.

Der Zug war von links eingefahren, mit der ganzen

Masse des Gebirges hinter sich. Jemand hatte es ihm erzählt, die Bahn fuhr links, nach englischem Vorbild aus dem 19. Jahrhundert. Es war das erste Mal, daß er eine französische Lokomotive sah, die Rauchfänge waren kleiner als an den deutschen Lokomotiven seiner Kindheit. Die Speichen der Räder aber waren genauso rot gestrichen wie an der Spieleisenbahn des großen Bruders. Der Blick des Schaffners mit der dicken runden Schutzbrille unter der Lederhaube war für den Bruchteil einer Sekunde an ihm vorbeigehuscht.

Damals gab es noch drei Klassen. Die Wagen erster Klasse waren braun und elegant lackiert und mit feinen Buchstaben beschriftet, die Fenster waren ein wenig abgerundet und zu beiden Seiten mit Gardinen versehen, die Türen an den Enden des Wagens fast lustig anzusehen, sie waren mit länglich ovalen Fenstern versehen, die von oben bis unten reichten und nach älteren Damen mit Muff und Halsband aussahen. Sie hatten etwas Mondänes, Legeres, und das fuhr alles schnell durch die Landschaft.

Sie stiegen dritter Klasse ein, es war eine kurze Fahrt, kaum eine halbe Stunde bis La Roche-sur-Foron. Man kletterte über das Trittbett und hielt sich dabei an einer kupferfarbenen Stange fest, die metallen roch. Und zum ersten Mal seit vielen Jahren befand er sich in einer jener fahrenden, in Zimmer eingeteilten Behausungen, in der man sich reihenweise, zweimal vier zu zweimal vier, gegenübersaß. Da er zum Gang hin saß, konnte er nur die Ansätze der riesigen Berge sehen, vom Fenster durchschnitten, streifenweise, er saß neben der Direktorin und hatte das Fenster aufgemacht, ohne Erlaubnis, um den Fahrtwind zu genießen, aber die sechs anderen Mitreisenden, sie fuhren unter ihrem im Netz aufgestauten Gepäck alle nach Paris, hatten protestiert, weil es zog, und die Direktorin hatte gesagt:

»Passen Sie auf, mein Junge, auf das, was Sie nach der Rückkehr erwarten könnte.«

Es war klar und deutlich, und da wurden die Fahrgäste auf einmal hellhörig: Ein so großer Junge, den man noch unterwarf; und um die Sache zu würzen, hatte sie hinzugefügt: »Soll es wieder die Rute geben?«

Da hatten sich alle sechs vornübergebeugt und nach ihm geschaut, sich mit den Blicken auf halber Höhe an ihm festgestarrt. Sie stellten sich wohl vor, wie es gewesen sein konnte, wie er dabei wohl ausgesehen hatte. Er versuchte seine Hände zu verbergen, als sprächen sie statt seiner.

Es brannte an ihm vor Scham, eine berstende Mordkugel explodierte in ihm, und obgleich er in den Händen spürte, wie leicht er sie erwürgen oder abstechen könnte, senkte er nur den Kopf, fühlte seine Konturen von innen, empfand, wie es in ihm saß, jenes Man-selber-Sein. Er stellte sich vor, wie man von außen wohl aussah, wenn man sich so schämte. Er kam kaum noch zu Atem, das Gesicht glühte ihm, und doch spürte er eine sonderbare Erleichterung, die er noch nie gespürt hatte: Er war eben jener Jüngling, den man bestrafte, und so war es und das war er, es war ein triumphales Hochgefühl. Und es kam ihm, wie er halbnackt um sich selber herumgewirbelt war, wie es an ihm so irrsinnig brannte und wie er über sich, der er sich am Boden wälzte, die Aufseherin hörte: »Stellen Sie sich doch nicht so an«, und die Direktorin, denn sie waren zu zweit gewesen, hinzugefügt hatte: »Sie wissen doch, mein Junge, wie sehr Sie es brauchen.«

Er saß da und wurde gefahren mit den anderen, die ihre Blicke immer wieder auf ihn richteten. Draußen gab es die vorbeiziehende Landschaft, von der er nichts mitbekam, es war nichts anderes zu sehen als die halb ironischen Gesichter, und er trug den Haß in sich, eine steinerne Masse, bereit, ihnen die Gesichter einzuschlagen, und dabei war er noch violett verstriemt. Der Haß war so groß, daß er in Genugtuung umschlug, er war stolz, es war auf einmal wie eine Freude, ein sonderbarer Trost: Ihr alle könnt nichts gegen mich, ich gebe nicht nach. Unter sich seine beim Sitzen wie ineinanderfließenden Schenkel, auf die er jetzt blickte, um den Mitreisenden nicht in die Augen schauen zu müssen, und wie sie, die Mitsitzenden, sich fragten, wie er wohl ausgesehen haben mußte. Er hatte die Zeichen umgedreht, und was ihn demütigen, beschämen und niederschlagen sollte, so daß es ihm fast den Atem verschlug, damit stand er von den anderen ab, dadurch wußte er, daß es ihn gab, von nun würde er immer wieder die Strafe herausfordern zur Sicherheit. Er wußte von der Freude, die es in ihm gab. Man strafte ihn, und doch beging er Böses nur an sich selbst. Das war auch sein Stolz, anderen hatte er fast nie geschadet.

Nach und nach gelang es ihm, vor sich selbst den Reisenden zu spielen, der auch nach Paris fuhr: schwarz lackierte Kutschen auf der hölzernen Pflasterung der eleganten bebäumten Straßen mit den balkonierten Gebäuden mit den vielen beschrifteten Schaufenstern.

Man fuhr die Arve entlang, so nah, daß der Zug im schiefergrauen Wasser zu rollen schien. Man fuhr an schmalen Häusern vorbei, die sich wie von selbst übereinandergetürmt hatten, aus braunem Gestein, mit aufgesetzten roten Dachhauben. Vielleicht sahen viele Häuser in Frankreich ähnlich aus. Man erblickte auf das Gleis zukommende Straßen, die dann plötzlich in die Weite abbogen; er aber wagte es nicht aufzustehen, um sie vom Gang aus vorbeiziehen zu sehen, die Direktorin hätte ihn sofort auf dieselbe Weise wieder bekannt gemacht mit den anderen Reisenden.

Und schon war man angekommen, er hatte kaum Zeit gehabt, sich den Talschacht erweitern zu sehen, und man hielt in einem allein in der Landschaft stehenden, wie ausgeleerten Bahnhof. Zum zweiten Mal stieg er nun in einem französischen Bahnhof aus, und dieser stand auf gußeisernen dünn kannelierten Säulen, sie trugen ein innen gelb ausgemaltes Dach. Die französischen Gegenstände, ob groß oder klein, hatten etwas Leichtes, Unernstes, sie waren nicht so gravitätisch wie die deutschen, man dachte dabei an Salons, an Boudoirs, an beblümte Tapeten.

Es kam ihnen ein Offizier in ockerfarbener Uniform entgegen, der genauso aussah wie die, die man in Büchern antraf, mager, klein, mit dunklen Augen und kurzem Schnurrbart. Man hieß ihn hinten in den Jeep einsteigen, und er hielt sich am waagerechten Griff fest, der Fahrtwind wehte ihm in die Haare. Die Schranke am

Bahnübergang war weiß und rot und nicht schwarzweiß wie in Deutschland. Es war, als ob solche hellen Farben die Landschaft weniger unterbrachen. Dann fuhr man durch eine helle und kurze Ebene, in der Ferne führte das Aufblauen der Berge zu immer weiteren Gegenden, von denen er nicht einmal geahnt hatte.

Der Offizier trug Reithosen und Lederstiefel, man erriet eine unbekannte Welt an ihm, man stellte sich alle Türen vor, die er geöffnet, alle Zimmer, in denen er gesessen hatte, und die Gärten, durch welche er geschritten war. Die Ockerfarbe der Uniform ließ an Züge denken, an Karawanen durch die Wüste, an afrikanische Städte, wie er sie in Illustrierten gesehen hatte: Kavalkaden mit klirrenden Säbeln, die gezückt in der Sonne blinkten.

Die Talebene wurde auf einmal, auf fast ganzer Länge, von niedrigen Gebäuden durchschnitten, die sich reihenweise wiederholten und immer eintöniger und grauer wurden, je näher man auf sie zukam, ein Grau, welches überall wie Staub lag.

Hinter einer hohen Holzvergitterung mit Drahtverhau lagen Holzbaracken, grau verwittert, vor welchen uniformierte Männer gingen und standen oder auf den Holzstufen saßen. Der Jeep wurde durch ein verdrahtetes Holztor hineingelassen, und überall standen und saßen Soldaten. Er erkannte die Uniform sofort an der Farbe, jenes besondere Grüngrau, wie er es am Tag gesehen hatte, als ihn die Deutschen verhaften gekommen waren, er ihnen auf dem schmalen Weg zum Heim entgegengekommen war und sie ihm Platz zum Vorbeigehen gemacht und ihn einfach übersehen hatten.

Nun waren es Kriegsgefangene, und bestimmt welche, die ihn gejagt hätten, da er doch nur irgendein Stück war. Wären sie noch die Okkupanten, wie einige Monate zuvor, hätten sie ihn sofort ausgemacht und wie ein Ferkel aufgespießt herumgetragen, sie hätten sofort Bescheid gewußt und ihn mitgenommen.

Es gab ein paar Große, mit wippendem blonden Haar und zuviel Körper, von dem sie nie wußten, wie sie ihn unterbringen sollten, die ihn überrascht anschauten und nicht aus den Augen ließen. Sie hatten ihn bestimmt erkannt, er war einer von denen, die es nicht geben sollte. Er fühlte sich von innen vorbeigehen mit seinem blonden lockigen Haar, seinem kindisch schlaksigen Aussehen, und sicher erriet man sofort an ihm das heimliche Laster.

Wieder schämte er sich, daß es ihn gab, ihn, der ganz frei war in der hohen Landschaft, der frei einhergehen konnte und sorglos dahinlebte, wo sie gefangen waren. Vielleicht hatten sie Frauen und Kinder umgebracht, sie töteten schnell und gut, mir nichts, dir nichts. Sie hätten ihn bestimmt, zu Recht, nicht durchgelassen.

In einem Büro, welches nur aus zusammengenagelten Brettern bestand, mit zwei Holztischen und Ordnern, ließ man sie sich hinsetzen, und nach einer kurzen Wartezeit wurden zwei Kriegsgefangene hineingebracht, in abgeschabten und ausgebleichten Wehrmachtsuniformen, und er wurde mit dem Übersetzen beauftragt: Sie kämen als Aushilfen in ein Internat, man schenke ihnen Vertrauen, sollten sie aber versuchen, die Flucht zu ergreifen, hätten sie, seitens der Bevölkerung sowieso, mit keiner

Gnade zu rechnen und wären sicher, vor ein Militärgericht zu kommen. Sie hätten besonderes Glück, und man hoffe, sie hätten keine der üblichen Naziverbrechen auf dem Gewissen, es werde sich übrigens schnellstens herausstellen.

Das alles sollte er übersetzen, und ein anderer Offizier, der da saß, sprach langsam, um ihm Zeit zu geben, und gratulierte ihm wegen seiner Sprachkenntnisse und fragte Fräulein Lucas, wieso er so gut deutsch könne. Sie antwortete, er sei ein kleiner Verfolgter, den man geschützt und versteckt hätte, und der Offizier sah ihn an und sagte, er hoffe, daß er sich auch dankbar erweise und recht artig sei. Und ihm war ein Schrecken gekommen, Fräulein Lucas könne von ihm erzählen, und sofort hatte er sich geschämt, in Gegenwart dieser Deutschen so etwas von ihr vermutet zu haben.

Es waren derer zwei, ein großer Blonder, deutsch aussehend wie aus dem Buche, mit wippender flacher Haarmähne, lang, helläugig und zuviel Körper, vielleicht konnte er schnell und schmerzlos töten, der andere war klein, untersetzt und schon älter und hatte dunkle Augen, sie gehörten nicht zusammen. Alle beide schauten ihn verwundert darüber an, daß ein junger Einheimischer ihre Sprache so gut konnte und alles so flott übersetzte.

Es wunderte ihn selber, wie leicht ihm die geliebte Muttersprache über die Lippen kam, wie er nicht das geringste davon vergessen hatte, obgleich er sie seit über fünf Jahren nie mehr gesprochen hatte, und nun war es die Sprache der Verbrecher, der Mörder geworden. Was man aus seiner herrlichen Muttersprache gemacht hatte, wie man sie geschändet, verdorben und verunstaltet hatte, hatte er an den Verkehrsschildern der deutschen Wehrmacht herausgelesen, recht wenig hatte er zu seinem Glück davon mitbekommen, aber das hatte gereicht, um ihm zu zeigen, daß seine Sprache für immer das Morden beinhalten werde.

Vielleicht aber stellten sie sich Fragen über ihn, er sprach alles mit hoher singender Stimme aus, und er hörte sich selbst, wie er kindlich unreif sprach. Beim Klang seiner Stimme, er erschauerte bei diesem Gedanken, hatten sie als geborene Totschläger, die sie doch waren, bestimmt sein heimliches Laster wie auch seine unklare Herkunft erraten. Auf keinen Fall, nicht einmal das allerwenigste, durften sie wissen, sie sollten ihn vor allem nicht für einen Deutschen und noch dazu von »schändlicher Geburt« halten, und doch war er es, er hatte sie im Leib, jene geliebte Sprache, aus der seine Seele bestand, vollkommen heimisch war er in ihr.

Mit Leib und Seele aber hatte er auch Pascal, Bossuet, La Fontaine und La Bruyère entdeckt, die großen Geister aus Versailles, die dieses majestätische, helle, so deutliche, zielsichere Französisch des 17. Jahrhunderts schrieben, jene feste und spröde Sprache, die mit ihren geschmeidigen und strengen Sätzen ihn stets an die Internatsleiterin denken ließ, deren Strenge er so liebte, die ihn schützte und exaltierte. Und erst wenn die Tränen kamen, wußte er um sich selbst und wie er die Direktorin doch so innig liebte, genau wie die Sprache, in der sie ihn schalt, er war ihr dankbar, schwelgte vor Liebe zu ihr, aber auch um so mehr zur Prinzipalin, als sie ihn noch strenger strafte und er um so einleuchtender wußte, daß er am Leben war, gerettet und doch Strafe »verdiente«, wie beide es ihm wiederholten.

Französisch war seine Sprache geworden, er bewohnte sie von innen und wunderte sich, daß er nie gehörte oder gelesene Worte sofort verstand. Was diese Dichter und Autoren schrieben, war so genau, daß sich der Sinn von selbst einstellte oder, wie bei Chateaubriand oder Victor Hugo, große wellenartige Wortfluten in einem dahinwogten und einen mittrugen.

Und so gelangte man in derselben Sprache mit den gleichen Worten von den Meeresweiten zum davonziehenden Mond über verlassene Parks. Beim Lesen hörte man das Knarren der Riemen am Fußboden in den Zimmerfluchten der Schlösser. Es war eine feine Sprache für hohe Räume mit hohen Fenstern, eine noble Sprache, die aber in ihn eingedrungen war, in alle Fasern seines Körpers, nicht umsonst hatte er in ihr gefleht, geheult, um Gnade gebettelt, und deshalb liebte er sie so, denn es war auch die Sprache seines Schutzes gewesen, die Sprache seiner Rettung, unter welcher er frei in den hohen Himmel blicken konnte. Eine lebhafte, rapide und doch freundliche Sprache, die er im Heim, im Lesebuch für katholische Oberschulen, kennengelernt hatte, in dem die Literatur 1848, mit dem Tode des großen katholischen Schriftstellers Chateaubriand, aufhörte und durch welches man nicht einmal erfahren konnte, daß es 1848, wieder in Frankreich, eine große Revolution gegeben hatte, eine Revolution, zu welcher sich die Armen, aber auch die Menschen, die ein wenig zu denken gelernt hatten, gegen die Ungerechtigkeit und inkompetente Nichtigkeit einer verkommenen Regierung erhoben hatten. Er jedoch hatte im Lexikon die Abbildung des Gemäldes von Eugène Delacroix gefunden und alles auf einmal mitbekommen, es hieß *»La liberté guidant le peuple«* (»Die Freiheit, die das Volk führt«) und war so berühmt, daß es ihm später immer wieder unter die Augen kam: vor einem Stadthintergrund bei untergehender Sonne geht eine Frau, die blau-weiß-rote Fahne schwingend, mit entblößtem Busen über eine Barrikade, während vor ihr ein kleiner Junge Trommel schlägt, neben ihm liegt ein erschossener Arbeiter.

Er schlug irgendwo das Lesebuch auf, und es war wie das Erwarten einer Überraschung. Die einfachen, fast schlichten Wörter erweiterten ihm jedesmal, so unbedeutend sie waren, den Gesichtskreis: *»Ich stand am Ende der großen Allee und bewunderte die Schönheit der untergehenden Sonne, als ich auf einmal eine schwarze und poetische Wolke sah, in welche die Sonne hineintauchen ging und zugleich ein schrecklicher Nebel und ich dabei die Flucht ergriff.«*

Man hörte das Rascheln des Kleides auf den Fliesen; die Wipfel der Bäume schlugen im Wind aneinander. Es waren Sätze aus dem 17. Jahrhundert. Weite Reisen trugen ihn fort, und bei jeder Lektüre waren die Personen der Erzählung angekleidet wie auf den Stichen der damaligen Zeit, die er in den Büchern abgebildet fand.

Und die Art und Weise, wie man aus dem Französischen das nötige Wort errät, das dem Gefühl entsprach, das man in sich hatte, das war eine weitere Bestätigung für ihn selbst, wie er sich empfand.

Auf der Rückfahrt lag die Landschaft umgekehrt, die ungeheure Masse des schneeglitzernden Montblanc, und der Aiguille du Midi mit dem Planprazmassiv davor erhob sich hinter den rundlichen Abhängen und stieß hoch in den Himmel hinauf. Er war stolz, daß es in seiner Heimat – er lachte beinahe in sich hinein, als ihm dieser Gedanke kam – so herrliche Gegenden gab, die beiden Kriegsgefangenen sollten sich das mal ansehen und dabei lernen, aber sie standen da im Gang und sahen wahrscheinlich nur wenig. Diesmal saß er neben der Direktorin, sie hatte ihm verboten, einem der beiden, dem älteren, seinen Platz anzubieten, »die sollen stehen bleiben und sich freuen, daß sie nicht mehr im Lager sind«.

Der alte Bus war voll von Touristen aus Paris, sie waren eine halbe Stunde vorher aus dem Zug gestiegen und schauten erwartungsvoll um sich herum, aber taten, als würden sie das schon alles kennen, als bräuchten die Berge ihnen nichts vorzumachen.

Die beiden Kriegsgefangenen wurden vom Fahren geschüttelt, und wie er auf der Hinfahrt hielten sie sich am Gestänge fest. Sie trugen in Großformat in Schwarz die Buchstaben PG (prisonnier de guerre) auf der verbrauchten Uniform. Zur Talseite hin verdeckten sie ihm die Aussicht, er traute sich nicht, auf einen zufällig freien Sitz mit Freisicht zu wechseln, sie hätte ihm bestimmt wieder gedroht, und die beiden Kriegsgefangenen, obgleich sie kein Wort französisch konnten, hätten sofort alles verstanden und ihn nicht mehr aus den Augen gelassen. Früher oder später hätten sie ihn zum Reden gebracht und rasch den Saal ausgemacht, wo der Hocker stand, und durch den Türspalt vielleicht sogar etwas mitbekommen.

Er schauderte beim Gedanken, sie könnten davon wissen, in ihren Augen würde das allem Geschehenen recht geben: er war so einer, »unwertes Lebensmaterial« und auch noch unsauber dazu, es war doch ganz richtig gewesen, solche wie er gehörten abgeschafft.

Sie hatten bestimmt schon längst alles verstanden, daß er so hervorragend deutsch konnte, und dazu die lächerliche Infamie seines abendlichen Lasters, sie hatten ihn nur anschauen brauchen, die leisen, ein wenig dunklen Ringe unter den Augen, alles entlarvte ihn und zeugte von seiner Herkunft, solche wie ihn, wer weiß, hatten sie vielleicht in Polen oder Rußland mit Genuß niedergesäbelt oder niedergeschlagen, wie es sich gehörte und wie sie wußten, daß es sein sollte, da das Pack doch nicht daseinsberechtigt war, er war doch der lebende Beweis davon, es hätte genügt, ihm nach Lichterlöschen im Schlafsaal die Decke zurückzuschlagen, um sich dessen zu vergewissern.

Aber Fräulein Lucas konnte ihm das nicht antun, nachdem sie ihm doch das Leben gerettet hatte. Er rückte von der Direktorin ab, damit sein Köper nicht so sehr den ihrigen berühre, damit sie ihn vergesse, aber sie war es, die sich, auf einmal, zu ihm hinbeugte und ihn wissen ließ, was er den beiden dann beim Aussteigen zu sagen hätte, sie lächelte ihn an, streichelte ihm die Hand und wiederholte, was sie ihm am Vortag schon gesagt hatte, als sei sie erleichtert: »Sie sind doch ein lieber Junge, ich hab Sie doch so gern, Sie wissen es.«

In ihm stieg es wieder auf, das sonderbare Wohlgefühl in ihrer Nähe, er liebte ihre Strenge, er brauchte sie, es war wie ein Leibschutz, ihre Strafen grenzten ihm den eigenen Raum ab, sie wußte alles von ihm, niemand sonst hatte ihn so gesehen wie sie, so wie es ihn gab, wenn er seine Niedertracht zeigte, seine Feigheit, sein Bitten, daß man ihm weitere Schläge erspare. Sie kannte ihn von hinten und vorn, viel intimer als sonst wer. Sie kannte seine Stimmlagen, seinen Wortschatz, seine Nacktheit und wußte, wie das Verbotene an ihm aussah, kindlich und mit Phimose. Vor Dankbarkeit kam er kaum noch zu Atem. Jedesmal, tränenüberströmt in der Scham und der Verwirrung der Gesten, während er sich trotz des Verbots mit noch gebundenen Händen auf dem Teppich krümmte und wälzte, kamen ihm Landschaften vor das innere Auge, weite Ebenen unter hohem Himmel. Bei solchen Gedanken sehnte er sich nach weiterer Rute, der so irrsinnig kochenden Birkenrute, weil sie von ihr kam, weil sie es war, die sie gab.

Niemals durften die beiden Kriegsgefangenen das auch nur ahnen, er saß da wie zuzementiert, und dabei fuhr der Bus immer weiter, vorne höher als hinten, so steil stieg es an, und in seinem Rücken, wie aus ihm herausgewachsen, stampfte der Holzgasmotor und mühte sich ab. Die beiden Gaszylinder, die so albern hinten mitfuhren, kamen ihm vor, als sei es er selbst, der dahinter durch die Landschaft fuhr, und alle streckten den Finger nach ihm aus, riesengroß aufgebläht schwebte er über allen Köpfen dahin mit einer von überall lesbaren Inschrift versehen: ICH BIN EIN SCHWEIN. ICH SPIELE MIT MIR SELBER.

Die beiden Kriegsgefangenen standen im Gang und ließen sich, sich an den Griffen festhaltend, von der Fahrt durchschütteln, und je höher man kam, desto mehr war Arthur stolz, eine solche Landschaft vorzeigen zu können, als wäre er ein Einheimischer.

Die Schönheit machte ihn stolz, und es kam ihm das Gewitter in den Sinn, wie es von Südwesten über den Mont Charvin dahergezogen kam, der vom Tal ausgesparte weite, blaue Himmel wurde, ganz in der Ferne, wo das Tal im Hintergrund schon fast in die Ebene überging, wie mit dem Messer von einer geraden, dunklen Wolkenlinie, die langsam näher kam, indigofarben, dunkelviolett durchschnitten; der Donner wurde immer lauter und prallte von einer Talseite zur anderen zurück. Im Hause war man wie versteift gewesen, keiner hatte mehr seine gewöhnlichen Gesten gehabt. Die Prinzipalin sprach leiser als sonst, die Mitschüler bewegten sich anders, und jeder hatte doch ein wenig Angst, und am Nachmittag auf einmal, als er schon in den Abend überging, kam die Sonne wieder und ließ auf den Abhängen Farben, Nuancen von Grün erscheinen, die man noch nie gesehen hatte, und eine begeisterte Erwartung der Zukunft war in ihm aufgekommen.

Die Landschaft erlebte er nun seit Jahren, von oben, vom Bergrand aus, und keinmal war sie die gleiche gewesen, immer waren die Farben, die Wolken oder die Talsicht anders, es war jedesmal ein neues Blickabenteuer, und er war in Gegenwart der beiden Gefangenen stolz, so viel Landschaft für sich zu haben. Manchmal öffneten sich zwischen solchen niedrighängenden, rasch durch das Tal ziehenden Gewitterwolken plötzliche Einschnitte an einem vertrauten Berghang, den man von weitem täglich nur einförmig gesehen hatte, es erschienen Schluchten oder Täler, die man nicht vermutet hatte, zu beiden Seiten der Wanderwolke.

Sie standen da in ihrer verhaßten abgewetzten, feldgrauen Uniform, die so viel Mord mitgemacht hatte, wo waren sie überall gewesen, in Rußland vielleicht oder in Frankreich, da sie doch hier gefangengenommen wurden, ob sie Kinder auf ihr Bajonett aufgespießt hatten, ob sie Dörfer verbrannt hatten, waren sie auch auf Judenjagd in russischen Dörfern gewesen, hatten sie dabei gelacht? Und nun sahen beide doch nur müde und mitgenommen aus, der Größere lehnte sich öfter herab, um durch das Fenster zu sehen, mit seinem blond wippendem Haarschopf sah er selbstsicher aus, als sei er gar kein Gefangener, erfahren und zuverlässig, das sah man, reparierte genau so gut, wie er auch töten konnte. Der konnte das, hinrichten, foltern, der kannte sich aus, bestimmt. Der andere, viel älter, war ein wenig beleibt und hatte ein graues eingefallenes Gesicht.

Sie wurden neben der Küche untergebracht, in dem fensterlosen Verschlag, in dem auch die Köchin gewohnt hatte. Öfter wurde er zum Übersetzen hinuntergeschickt und auch, um beim Kartoffelschälen zu helfen, jetzt gab es wieder welche, die die Internatsschüler in einem alten Kinderwagen beim Bauern abholen gingen. Und da saß er nun, mit den beiden Gefangenen am großen Holztisch, und sie versuchten aus ihm herauszubekommen, wieso er so perfekt deutsch sprach, und er erlog sich Geschichten, er sei eigentlich Elsässer und seine Mutter sei aus Mittelfrankreich, und er schämte sich, daß er seine Mutter derart verleugnete.

Auf keinen Fall konnte er ihnen seine Herkunft gestehen, die sie natürlich sofort erraten hatten, und er schüttelte sich vor Scham bei dem Gedanken, daß sie ihn überraschen könnten. Hätten sie ihn zu anderen Zeiten im Wald angetroffen, sie hätten ihn ohne weiteres beseitigt, er fühlte sich ungelegen und genierte sich vor ihnen, daß es ihn gab. Vielleicht hätten sie ihn doch am Leben gelassen, und vor lauter Dankbarkeit hätte er lebenslang gescheuert, geputzt, gebohnert, gewienert, gewaschen, gebürstet und gefegt. Zum Glück war er auch ein wenig Diener, da er doch immer irgendwo helfen mußte. Von Natur aus waren Küche, Korridor oder irgendein Keller seine Stammplätze.

Der Kleinere von beiden, der Wadi Czonske hieß und aus Danzig war, erzählte von seiner Familie, von seinen beiden kleinen Söhnen und wie sie sonntags am weiß gestrichenen Geländer an der Ostsee in Zopott spazierengegangen waren. Vor dem großen Blonden hatte er immer ein wenig Angst, er würde ihn einmal zu sich rufen und in der Armbeuge erwürgen.

Von Auschwitz kannte man den Namen und wußte, daß das Ungeheuerlichste, Unvorstellbare da passiert war, es war so ungeheuerlich, daß die Zeitungen sich scheuten, darüber zu berichten.

Von Buchenwald hatte er gehört, wo so viele Insassen umgekommen waren, und er stellte sich selbst da vor, unter hohem Stacheldraht auf Schotter stehend, mit einem Blechteller in der Hand. Ein solches Schicksal wäre gerecht gewesen, und die Röte stieg ihm ins Gesicht und brannte an ihm, er fühlte, wie es an ihm glühte, denn der Blonde wußte bestimmt vom heimlichen Laster, dem er sich nach der Strafe hingab, er wußte, daß er »es« machte, vor Ekel schloß er die Augen.

Sofort kam ihm der Gedanke, daß es ihm nicht einmal zustand, so etwas zu denken, wie wagte er es überhaupt, an die Vernichtungslager zu denken, wo er doch alles unbeschadet und von weitem, nur durch das Radio, mitbekommen hatte, er hatte Angst ausgestanden, eine tierische, den Körper umstülpende Angst, die von nun an immer hinter ihm stehen würde, ein wenig gehungert, er war nun Vollwaise, aber dabei kerngesund, und bereitete sich auf das Abitur vor, ein Privileg, das nur wenigen zuteil wurde. Bald auch sollte er Franzose werden und eine »Laufbahn« antreten, und er hatte die Stirn, sich zu beklagen, weil es seiner Retterin Spaß machte, ihm als bald Achtzehnjährigem den Popo zu versohlen.

V

Wenn er auf der Straße ging, und die Leute mit Fingern auf ihn zeigten, und seine Mitschüler ihn verspotteten, und hinter ihm her zischten, und Gassenbuben ihre Anmerkungen über ihn machten – so biß er die Zähne zusammen, und stimmte innerlich in das Hohngelächter mit ein, das er hinter sich erschallen hörte.

Karl Philipp Moritz, *Anton Reiser* (Zweiter Teil)

Er kannte alles vom Hause, wie es hoch über sich selber stand, eine Etage über der anderen, wie man ganz oben wie auf hoher See war, es nur noch Himmel gab, und doch lag da der dunkle Karzer, eine Art Holzkiste, die nach Tanne roch, mit nur dem Bett und den beiden Wolldecken und den mit einem Vorhängeschloß versperrten Fensterläden, hinter denen man die riesige Ulme rauschen hörte; so viele Stunden hatte er dort schon verbracht, und vor kurzem noch hatte sich sein Bettnachbar zu ihm, der da eingeschlossen war, hinaufgeschlichen, er wollte hören, wie es gewesen war, mit allen anderen hatte er ihn wimmern und betteln hören, und er wollte die Einzelheiten erfahren, und der Bestrafte hinter der Tür hatte erzählt, wie die Prinzipalin sich zu ihm niedergebeugt hatte, um ihn vorzubereiten und ihm die Hände zu binden, und verwirrt hatte er in ihre Bluse geschaut, die sie extra aufgeknöpft hatte, und den Ansatz ihrer Brüste gesehen, wie sie weiß und herrlich rund, wie für die Hand geschaffen, weiter unten im Stoff verliefen. Sie hatte seine Verwirrung gesehen und ihn besonders hart und lange bestraft, bis unter die Schenkel, an einen Hocker gebunden, mit selbst vorbereiteter Haselgerte, und ihn zur Strafe bei Trockenbrot und Wasser drei Tage lang im Karzer eingeschlossen.

Das Geräusch des Schlüssels, achtzehn Mal in drei Tagen, blieb ihm für immer in den Ohren, das leichte Ansetzen des Schlüssels, bevor er sich drehte, von außen, wenn man ihn einsperrte, hörte sich anders an als von innen, wenn man öffnete, um ihn morgens und abends zur Bestrafung in den Waschraum abzuführen, das Zuschließen hörte sich anders an als das Aufschließen, vielleicht auch, weil er noch sein eigenes Weinen dabei mithörte.

Jedesmal wenn er wieder Karzer bekam, überraschte ihn die plötzliche Dunkelheit der kleinen Holzkammer mit den verriegelten Fensterläden. Hinter ihm wurde abgeschlossen, und er hatte nichts mit sich als den Nachttopf, einen halben Laib Brot und den Wasserkrug. Wie sich dann das Auge an die bräunliche Dunkelheit gewöhnte und immer mehr Einzelheiten entdeckte, die so langsamen leisen Veränderungen des schwachen Tageslichts, die hellumrandeten Fensterläden mit den Ritzen zwischen den Brettern, die er schon viele Male abgezählt hatte und das einzige waren, was es zu sehen gab, das schmale Bett mit den zwei Pferdedecken, der hellere Schnitt des Brotes und ein leichter Lichtreflex auf dem Wasserkrug, von dem er jede Tonrille am Henkel mit den Fingern nachgefühlt hatte. Und doch vergingen die drei Tage immer sonderbar schnell, das irrsinnige Brennen, das aber rasch nachließ, und dann die Erwartung. Sobald er sich wieder beruhigt hatte, horchte er nach jedem kleinen Geräusch und stellte sich seine Mitschüler vor, wie sie am Treppenansatz vor dem Dachboden stehenblieben, um herauszuhören, ob es von ihm Geräusche gab, und wie sie ihn sich in seinem Holzkasten dachten, nackt unter den schweren Pferdedecken, strafbereit am Brote knabbernd.

Und er, er hatte sich seinem Körper ergeben, die ganzen drei Tage lang mit sich selbst gespielt, zwanzig, dreißig Mal hatte er sich hochkommen lassen, sich pochend liegen lassen, sich den Selbstbildern übergebend, wie er bald unter der Strafe schreien und sich winden werde vor den Augen der anderen, wie er darauf warten werde und dann nicht mehr vor Schmerz, sondern unter der eigenen Hand vor Wollust durch das Haus schreien und dafür wieder strengstens bestraft werde.

Jetzt, wo man ihn öfter gewähren ließ, ging er die Treppe zum Dachboden hinauf, um sich wiederzuerleben, als Selbstwiederholung und Bestätigung, daß es ihn gab. Wie sie ihn mitnahmen, des Nachts aus dem Schlafsaal, er hinkniete und sie beehren durfte, wie sie ihm das Gesicht vollspritzten und es zähflüssig an ihm heruntertropfte und weißgrau allmählich zerging, und wie sie ihm dann zärtlich den Kopf streichelten, man hatte ihn also lieb.

Wenn er sich einen Stuhl oder, nachdem er darauf gelegen hatte, den Hocker länger anschaute, konnte er sich selbst dafür halten oder wünschen, so ein Gegenstand zu sein, dem man doch nichts anhaben konnte und der nützlich war. So sah er sich selber als ein Stück Einrichtung, als wäre er ein Stück Haus und bröckelte vielleicht schon ein wenig ab, Dach war er, ausgelegt unter dem Firmament und den Unwettern ausgesetzt, unbeweglich, erstarrt, aber zu etwas gut. Das Haussein fühlte er im Körper mit, er hauste dahin, und keiner wußte, wenn er die Treppe hochging, daß er, Arthur, zur Treppe gehörte, am liebsten selber Treppe gewesen wäre, zum Drauftreten.

Im Notfall, sollte er wieder einmal mitgenommen werden – man konnte nie wissen, wie lange die gegönnte Frist noch währte –, würde er sich vorweisen können als Treppe, als Geländer oder als Fenster, dazu mußte es inzwischen gereicht haben, er war schon lange genug da, um ein Stück Mauer oder Balkon wert zu sein: Schaut mal, was ich alles bin! Ihr könnt mich gar nicht abholen, ich gehöre zum Hause, ihr könnt herumfragen, jeder kann es bestätigen, ihn gab es gar nicht; er war Möbel zum Draufsitzen, Fußboden war er vielleicht zum Drauftreten, der vom kleinen Schlafsaal. Wie man auf ihm herumtrampelte oder -hüpfte, er fühlte das Vibrieren davon durch den ganzen Körper hindurch.

Wäre er ein Stück Haus, könnte er ruhig weiterexistieren, alles, was nicht er war, hatte eben Glück. Denn das hatte er die ganze Zeit gewußt, diesmal war er heil davongekommen, aber das nächstemal, welches unbedingt kommen mußte in -zig Jahren, nicht, er war geboren, um ausgejätet zu worden. Solche wie er behielt man in Zeiten des Überflusses und des Wohlstands aus lauter Großzügigkeit am Leben, deshalb erschien ihm jeder Tag, den er lebte, wie ein Wunder, beinahe hätte er dem erstbesten, den er traf, dafür gedankt. Zum Bestraftwerden war er also wie geboren.

Er war ein Lebensschmuggler, und seine Vorfahren hatten zu den Mördern Gottes gehört, sie hatten Jesus gekreuzigt, wie Fräulein Lucas es ihn, bevor die Deutschen ihn abholen gekommen waren, schon hatte wissen lassen, und so waren die Strafen, die er bekam, völlig gerechtfertigt, obwohl es die Römer gewesen waren, wie er damals schon genau wußte. Und dabei gehörte er nicht einmal dazu, man hätte ihn nicht gewollt, er war doch Christ und nicht einmal beschnitten. Seitdem aber die Deutschen gekommen waren, um ihn und den Bruder abzuholen, hatte das Fräulein umgedacht, sprach jetzt ganz anders davon und zitierte Pascal, der vom ältesten Volk der Erde sprach, dem man Andacht entgegenbringen sollte.

Jetzt erzählte sie ihm von der Dreyfusaffäre: Ein jüdischer Offizier war ungerechterweise des Verrats angeklagt und verurteilt worden, und zu seiner Verteidigung hatte sich die Hälfte der Nation erhoben. Er wurde nach Jahren schließlich freigesprochen und vollkommen rehabilitiert.

Es war schon Herbst, und der Wind stieß durch die Tannen, die sich dunkel vor dem Abhang des Mont d'Arbois abhoben, alle vierzehn Internatsschüler waren die Straße bis zur großen Nadelkurve gegangen, und da hatten sie den Weg zu den Choseaux eingeschlagen, es war sein Lieblingsweg, die Landschaft war da auf einmal so ungeheuer weit, daß es wie eine Weltsicht war, ganze Gebirgsketten liefen aufeinander zu. Von links, hinter den näheren waldbedeckten Bergkuppen, kam der ganze Zug der Araviskette wie angefahren, jeder Berg die Form des anderen nachschattend, der eine wie die verpaßte Gestalt des vorigen, bauchig der erste, festungsartig der zweite, turmhaft der dritte, sich selbst überdachend der folgende, und so der Reihe nach, bis zum letzten, als hätte jeder der Berge den vorigen abgeguckt und sich so gestaltet, wie der andere nicht geworden war. Es war ein gigantisches Freiluftmobiliar. Die Kette hörte riffartig auf und stieß senkrecht auf die tief eingeschnittene Talöffnung, die den Blick bis in unermeßliche Fernen freigab, bis in die Schweiz hinein, auf den Jura, wo Frankreich wieder anfing.

Zur anderen Seite hin hatte man die riesige Steinmasse der Warensspitze vor sich, mit allem Zubehör an Felsen und Grasmulden in schwindelnder Höhe, wo ganze Dörfer leicht hätten Platz finden können. Man sah mit einem einzigen Blick unten im Tal den Zug von Saint-Gervais über Sallanches vielleicht nach Paris fahren, die länglichen Wagendächer, eins hinter dem anderen, wie sie das ganze Tal samt Dörfern, Brücken und Bahnübergängen durchfuhren. Eine Straße führte nach vielen Kurven zur Talterrasse hinauf, wo die verschiedenen Sanatorien standen; ein rosafarbenes, ein gelbes und zwei graue, deren Simse über den Tannen wie in der Ferne liegende Dampfer aussahen.

Das Gehen war jedesmal ein Abenteuer, eine »Augenweide«, vom Draußen konnte er nie genug haben. Fräulein Lucas wußte das. Oft hatte sie ihn mit Spaziergangentzug bestraft, besonders im Sommer, tagelang wurde er bei schönem Wetter immer wieder eingesperrt, das wirkte; nachher verhielt er sich wieder musterhaft, bloß um vom Draußen nicht ausgeschlossen zu werden; jeder Baum freute ihn, jede Erweiterung der Aussicht begeisterte ihn, und er war stolz, auf der Hochtalseite, wo das Internat stand, beinahe alle Wege gegangen zu sein.

Die Älteren klärten die Füchse sofort auf, und man überreichte sich ihn von Jahr zu Jahr. Man trat ihm auf die Füße, man verknotete ihm die Bettücher, versteckte seine Schulhefte, man kniff ihn, bis er im Unterricht plötzlich aufschrie und wieder bestraft wurde. Später, als er auf dem Bauernhof versteckt wurde, war ihm aufgefallen, daß er, trotz der ständigen Angst vor dem Abgeholtwerden, auf einmal frei atmen und um sich herum schauen konnte, ohne ständig auf der Lauer vor dem nächsten Gezwicke, dem Fußtritt oder der Ohrfeige zu sein.

Und jetzt, ein Jahr später, war niemand mehr hinter ihm her, man ließ ihn, wie er war. Vorwürfe bekam er immer wieder zu hören, aber von der Direktorin, von der Prinzipalin und dem vor kurzem angekommenen jungen Aufseher, aber von keinem Mitschüler mehr, die ihn alle mochten und sich doch über ihn wunderten.

Der Aufseher, ein noch ganz unbärtiger, sehr junger Mann, war kurz nach seiner Ankunft lange im Büro von Fräulein Lucas geblieben, sie hatte ihn bestimmt vor Arthur gewarnt. Der Aufseher schaute ihn manchmal länger an. Vielleicht hatte Fräulein Lucas von seinen bösen Angewohnheiten berichtet und ihn, wer weiß, angewiesen, besonders aufzupassen, um so mehr, als er einige Tage zuvor auf frischer Tat ertappt und natürlich entsprechend bestraft worden war. Auch seine Mitschüler wurden daraufhin unaufhörlich beaufsichtigt.

Der scharfe Blick des Aufsehers verwirrte ihn immer

wieder, im Moment, wo er mit ihm durch den lichten Tannenwald ging. Wie eine Versuchung überfiel es ihn, mit dem Aufseher frech zu werden, ihn herauszufordern. War es ein Versuch, sich ihm anzunähern, mit ihm Ungewöhnliches auszutauschen oder sich zu rechtfertigen: er sei lupenrein, so etwas begehe er nie? Und plötzlich fing er an, ihm zu sagen, er habe keine Ahnung von den Bergen, er kenne nicht einmal ihre Höhen, er wisse doch sowieso kaum etwas, das sehe man ihm doch an. Aufseher in einem Internat zu sein zeige, daß er ein Bummler sei.

Sie gingen über die riesige schrägliegende Wiesenkuppe, und er sah alles mit, während er den Aufseher herausforderte, immer weiter, und die anderen ihn schon verwundert anschauten. Es war, als hätte er etwas Unbekanntes zu überspringen. Der Weg zog sich sandig und hell, von Wurzeln und abgerundeten Felsköpfen durchquert, zwischen den Wiesen hin und stieß auf einmal gegen einen wandartigen Tannenwald, der übergangslos aus dem Boden herausragte. Jede Einzelheit, jeden Zweig, die beiden Seiten des Weges, wo das Gras kleine, wild wuchernde Büschel bildete, alles sah er mit einer sonderbaren Genauigkeit wie unter schärferer Beleuchtung.

Im kurzen Wald war es sonderbar dunkel inmitten der umgebenden Helle, die man durchschimmern sah. Tunnelhaft öffnete sich der Landschaftsschacht am anderen Ende, und der Blick trug bis in zukunftsweite Gebirgsfernen, die schon die Schweiz waren, in fast fünfzig Kilometer Entfernung. Und all das sah er mit, während ihm Verleumdungen, Beschimpfungen, die er so verletzend wie möglich erfand, aus dem Mund kamen: Sie sind ein Nichtsnutz, ein bloßer armer Schlucker, ein miserabler Kauz. Er wußte selber nicht, woher ihm dies alles einkam, und erst als der Aufseher ihn auf einmal ohrfeigte, ausholte und erneut derart zuschlug, daß er in Tränen ausbrach, war es vorbei.

Alle anderen standen um ihn herum und sahen sich an, wie er da geohrfeigt wurde und zwischen den Ohrfeigen stand, wie er auf einmal memmenhaft aufheulte und ihm dabei doch eigentlich recht geschah. Und alles war heillos vorbei, Arthur konnte die Beschimpfungen nicht mehr rückgängig machen. Wieder einmal hatte er jenen Augenblick der Gnade an sich vorbeiziehen lassen, wenn man genau weiß, wann alles unwiederbringlich entschieden sein werde und heillos verdorben. Diese Grenze hatte er schon oft überschritten. Der Aufseher sagte, eine solche Unverschämtheit bliebe nicht unbestraft, und er werde es der Direktorin melden, er habe ihn zutiefst beleidigt, und auf einmal, als hätte er über sein Ziel hinausgeschossen, sackte Arthur Kellerlicht in sich zusammen, in einer Art Entspannung.

Es war, als hätte er nach der trockenen Verzweiflung gesucht, die ihn vom Druck auf der Brust befreien könnte, und zugleich, als müsse er immer den Punkt erreichen, wo alles unwiederbringlich entschieden und nicht mehr gutzumachen sei. Er war nun einmal ein Böser, und dabei konnte er sich selber nicht loswerden, sich nicht aus sich selbst herausstampfen.

Und nun ging der Jüngling auf steifen Beinen, und die Waldung stand um ihn herum, als wisse sie schon. Er verlangsamte den Schritt, um sich zurückfallen zu lassen, so daß er für sich allein den anderen nachgehen konnte, in Erwartung dessen, was unweigerlich sein würde.

Fräulein Lucas hatte es ihm wiederholt gesagt, sollte sie erfahren, er hätte sich unanständig, frech oder sonstwie benommen, sollte der Aufseher ihn aufs entschiedenste strafen.

Der Jüngling wußte vielleicht nur zu wohl, weshalb die Worte derart aus ihm herausgeschossen gekommen waren. Seit der Ankunft des jungen Aufsehers war er seltsam verwirrt gewesen, abends im Schlafsaal hatte der von anderen Anstalten erzählt, wo er schon Aufseher gewesen sei, er meinte, er kenne sich mit jungen Leuten aus, er wisse schon, was sie bräuchten und wie ihnen beizukommen sei. Er war auch Hauslehrer gewesen in einem schloßartigen Herrenhaus in einem Park in der Nähe von Grenoble. Er hatte von anderen Internaten erzählt, von den Jesuiten in La Seyne bei Toulon, wie Arthur es von Bétharram in den Pyräneen wußte, wo die jungen Leute, die größeren vor allem, sehr streng bestraft würden wegen gewisser Sünden, die junge Leute oft begehen.

Sehr schnell hatte er sich besonders Arthurs angenommen, vielleicht hatte ihm Fräulein Lucas erzählt, daß er Vollwaise war. Auf dem hohen Balkon, der das ganze Haus umgürtete, hatte er schon öfter mit ihm geredet und ihm gesagt, er sei begabt; er hatte ihm von französischer Dichtung erzählt, von modernen Dichtern und Schriftstellern, von denen er noch nie gehört hatte, von Lautréamont, Rimbaud und Verlaine, von André Gide, und hatte in verhohlenen Wendungen von dessen Knabenliebe erzählt. Der Aufseher hatte ganz dicht neben ihm gestanden, in Shorts, mit breiten, völlig unbehaarten Schenkeln, und der Jüngling traute sich nicht, die sichtbare Erregung wahrzunehmen.

Abends, nach dem Lichterlöschen, hatte er schon einige Schüler überrascht, ihnen die Decke weggerissen und sie schuldig entdeckt, sie zu Fräulein Lucas geschickt und dann ihrer Abstrafung am nächsten Tag, solange mußten sie immer warten, beigewohnt. Ihm, das war sonderbar, hatte er noch nie das Bettzeug zurückgeschlagen, wobei er, der Jüngling, sich manchmal abends schuldig machte und man ihm allemal die Schuld ansah, aus dem fieberhaften Ausdruck und den angstvoll herausfordernd leuchtenden Augen.

Vielleicht hatte der Aufseher gemerkt, wie allein er war, wie er doch nichts hatte, daß er ihm Halt gewähren könnte, und er, der Knabe, war sonderbar gerührt gewesen, daß sich ein Erwachsener für ihn einnahm und so weit ging, daß er die Direktorin bat, manche doch verdiente Abstrafung zu erlassen. Vorwände gab es da genug: ungewaschene Hände, ständiges Plaudern, nicht gelernte Aufgaben und Vergessen der aufgetragenen Arbeit, schlecht gewichste Schuhe, vergessene Einkäufe für das Heim.

Er war sein Fürsprecher geworden, und die Direktorin hatte ihm gesagt, er sei zu großzügig mit ihm, zu seinem eigenen Wohl brauche der Junge doch besondere Strenge. Er hatte für solche Verfehlungen mehr oder weniger lang auf dem viereckigen Lineal zu knien, und es schmerzte derart, daß man versuchte, das Körpergewicht auf das andere Knie zu verteilen, was noch mehr schmerzte. Man konnte nicht einmal mehr weinen, das zerrte am Körper, und die Knie taten noch mehr weh, ein Schmerz, der durch den ganzen Körper zog, und dabei war er wieder einmal selbst Zeuge. Wenn dann die Strafe aus war, konnte man nicht mehr aufstehen und mußte sich mit den Händen aufstützen und zur Seite fallen lassen, oder man hatte, während die anderen aßen, mit Eselsmütze in der Ecke zu stehen.

Wenn er dann nachher mit den anderen an die Luft geschickt wurde, war er dankbar, daß die Landschaft wieder so groß wurde und ihn derart exaltierte.

So hatte er dem Aufseher auch von zu Hause, von den Eltern, von Deutschland erzählt, vom Fahrrad, von der Windmühle, von den Märchen, vom Lebkuchen, und plötzlich, vom Heimweh überfallen, hatte er zu heulen angefangen und sich dabei geschämt, wo er sich doch nicht schämte, wenn er unter der Strafe weinte. Er wußte, er durfte nicht an die Mutter denken, nicht mehr ihre Stimme in sich hören, wenn er nicht untergehen wollte, davor hatten ihn die täglichen Mißgeschicke seines Internatslebens bis dahin geschützt, und nun war er auf einmal völlig unerwartet durch sein eigenes Erzählen da hineingestürzt.

Die ungeheuren Beschimpfungen, die er aus sich herausgestoßen hatte, sollten vielleicht die Gefahr der Zärtlichkeit beschwören. Während er so neben dem Aufseher einhertrottete, der tat, als gäbe es ihn nicht mehr, hätte er am liebsten um Verzeihung gebettelt, um vielleicht einen zukünftigen Freund nicht zu verlieren. Er sah wohl, daß der Aufseher sich etwas überlegte, sich zu ihm drehte und einfach nur sagte: »Übermorgen um fünf im Waschraum, und die Haselgerten nicht vergessen!«

Ihm stockte kurz der Atem, er war noch nie von einem Mann bestraft worden, und es war ihm, als fände er durch die Gewißheit dessen, was ihn erwartete, zu sich, als staue er sich in die innere Selbstform zurück, er wußte wieder von sich selbst und stand im altbekannten Warten. Vielleicht benahm er sich derart, vielleicht versuchte er stets zum Punkt zu gelangen, nach dem es kein Zurück mehr gab, um in den immer lauernden Kummer zurückzufallen.

Und was noch tiefer in ihm steckte: zurechtgewiesen werden, gemaßregelt, umgürtelt, in eine ihn umfassende Form eingeschlossen werden. Auf einmal überfiel es ihn wie eine Erschütterung, wie er den Kopf zwischen die warmen Schenkel des Aufsehers geklemmt bekommen werde, damit der besser strafen könne. Denn der Aufseher hatte schon Mitschüler auf diese Weise gezüchtigt, wenn sie im Schlafraum zu Bett gingen. Er wehrte ein solches Bild von sich ab, und doch kam es ihm sofort wieder, warum hatte er ihn denn so beschimpft?

Er hatte nun Zeit, das Warten war in ihm wie ein Klumpen, er wußte genau, wie es sein würde. Eine kompakte Wartemasse, die nicht einmal abbröckelte, und plötzlich stand man vor der Tür. Viermal hatte man anzuklopfen.

Vor ihm lag die schräg ins Tal hinunter verlaufende Wiese, sie gingen da, jeder in seinem Körper, mit der ganzen Landschaft vor sich, den tannenbestandenen Felsenausbuchtungen, dem vorgelagerten Bergkamm, der den Horizont auf einer Seite abschnitt und auf der anderen ins Unendliche verlief. Die anderen sahen sich manchmal zu ihm um, der jetzt als letzter ging, um zu sehen, wie einer aussah, der Zeit hatte, auf die Strafe zu warten, sie nahm nun alles ein, alle, die da mitgingen, wußten davon, und wenn sie vielleicht auch überhaupt nicht mehr daran dachten, blieb es ihnen gegenwärtig, sie stellten sich ihn irgendwie vor, jeder nach seiner Art, manche ihrer Erfahrung, andere, die es nicht erlebt hatten, ihrer Phantasie nach.

Ihn selber befiel plötzlich jene unverständliche Erregung, wie jedesmal, wenn er bestraft werden sollte, es war rätselhaft und doch unvermeidlich. Es war, als führe er sich selber an der Hand zum Bock, als fessele er sich selbst die Hände, er war sein eigener Herr und Besitzer, sein Beschützer und Schützling.

Noch sonderbarer aber war, daß er zwei Tage zuvor zur Vorbereitung auf das Abitur mit der Lektüre der *Bekenntnisse* von Jean-Jacques Rousseau angefangen hatte, sie standen auf dem Programm. In der Literaturgeschichte, die ihm im Internat zur Verfügung stand, hatte er gelesen, daß Rousseau 1712 in Genf geboren wurde und daß er als vierzehnjähriger Lehrling eines Abends nicht mehr in die Stadt zurückkonnte, weil die Tore geschlossen waren, und er zu einem katholischen Priester in ein benachbartes Dorf flüchtete, der ihn dann förderte, bis er in Annecy von einer reichen Dame von niederem Adel aufgenommen wurde. Sie hatte den kirchlichen Auftrag, solch jüngere Strolche, Vagabunden oder sonstige entlaufene Burschen zum Katholizismus zu konvertieren. Bei ihr verbrachte er mehrere Jahre in einer schlichten, aber schloßartigen Wohnung auf halber Höhe mitten in einer üppigen Landschaft, nicht weit von Chambéry, und schwelgte in brennender Liebe zu ihr. Was ihn entzückte, war *»vor einer befehlerischen Herrscherin zu knien, ihr zu gehorchen, sie um Verzeihung bitten zu müssen, waren für mich sehr liebliche Wollust, und um so mehr meine lebhafte Phantasie mir das Blut aufwallte, um so mehr sah ich wie ein erstarrter Liebender aus«*.

Auf der Michelinkarte, die ein betuchter größerer Schüler ihm geschenkt hatte, hatte er den Ort nach einigem Suchen gefunden, er hieß Les Charmettes, und da hatte jener Jean-Jacques Rousseau zu sich selbst gefunden.

Auf der Leseliste standen die ersten drei Bücher der *Confessions,* wie sich die Einteilungen nannten. Mit großem Widerwillen hatte die Internatsleiterin ihm das Buch übergeben, sie hatte ihn extra dazu ins Büro gerufen, und da war er wieder vor dem unendlichen Himmel gestanden und konnte sich des Blickes erfreuen, der bis Chambéry hinunterreichte:

»Da hat Jean-Jacques Rousseau seine schönsten Lebensjahre verbracht, er wurde dort von einer zu wenig strengen Dame erzogen, so schlecht erzogen, daß er beinahe ein mißratener Tunichtgut geworden wäre, den aber zum Glück seine Intelligenz gerettet hat. Und daß ich so streng mit Ihnen bin, mein Junge, das ist, das wissen Sie doch, damit etwas aus Ihnen wird.«

Es war ihm, als sei es eine Ehre, auf einen entfernten Berggipfel hinüberschauen zu können, den so lange vor ihm eine Berühmtheit vielleicht auch angesehen hatte. Es war das erste Mal, daß er ein Zeichen bekam von der Wirklichkeit all dieser Schriftsteller und Größen in Perücken wie La Bruyère, La Fontaine oder Voltaire, die immer in Schlössern gelebt hatten und in Kutschen gefahren wurden und unter hohen Bäumen in großen Parks wandelten.

Mit solchen Namen wie La Rochefoucould oder Madame de Sévigné verbanden sich Salons und Kerzenschimmer, an den Türen standen livrierte Diener mit Zopf im Rücken, er hatte es gelesen, es gab da auch junge Pagen, die ausgepeitscht wurden, wenn sie nicht richtig an der Kutsche standen oder ihre Hände nicht richtig bereithielten, damit die Damen sie als Trittbretter zum Aussteigen benutzen konnten. Sie trugen bunte Samtlivreen und fuhren an den Kutschenrücken stehend durch die Landschaft.

Einer seiner Mitschüler hatte erzählt, wie man ihn mit einigen anderen aus seiner Schule nach Combourg gebracht hatte, um das Geburtsschloß Chateaubriands zu besichtigen. Er hatte von den dicken Türmen erzählt und vom Zimmer im Turm, an dessen Fenster der Junge des Nachts die Wolken vor dem Mond vorbeiziehen ließ, und welche Angst die Schwester des kleinen Chateaubriand vor Gespenstern hatte. Chateaubriand wurde 1769 geboren, er hatte wehende Haare und sah sehr vornehm aus, er stand im Buch, zwei Seiten nach Rousseau, der 1778, als Chateaubriand acht Jahre alt war, gestorben war.

Seine Kindheit in Combourg soll ziemlich einsam gewesen sein. Combourg, das wußte er, war sehr weit, irgendwo oben im Norden in der Bretagne, nicht sehr weit entfernt vom Meer, aber Rousseaus les Charmettes war ganz in der Nähe, in einigen Stunden erreichbar.

»Und sollten Sie, was ich bezweifle, das Abitur bestehen, wird sich vielleicht im nächsten Jahr eine Gelegenheit finden, das Haus zu besichtigen. Es sind doch kaum fünfzig Kilometer, das ließe sich vielleicht an einem Tag schaffen.«

Dann hatte die Direktorin ihm das Buch ausgehändigt. Sie hatte es ihm zur Vorbereitung auf das Examen geliehen und gesagt: »Sie dürfen nicht die angehefteten Seiten lesen, sie sind Ihnen strengstens verboten, und wehe, Sie sollten sie dennoch lesen!«

Das Buch war gebunden, der Rücken mit vergoldeten, aber verschrammten Buchstaben verziert, die Deckel waren mit dunkelgelben Motiven bedruckt. Im Buchblock gab es eine Ausbeulung, er sah da die Spitze einer Nadel, mit der mehrere Seiten zugeheftet waren.

»Ich finde es nicht richtig, daß man Abiturienten zwingt, solche Bücher zu lesen, Sie, mein Junge, sind noch viel zu unreif, um darüber sprechen zu können. Und nochmals, wehe Ihnen, sollten Sie versuchen, die zugesteckten Seiten zu lesen!«

Er ging ins Lernzimmer und fing an zu lesen und las die Geschichte, als sei es seine eigene, von Anfang an war es ihm, als hätte man das Buch für ihn geschrieben. Zum ersten Mal berührte ihn ein Buch derart, daß er kaum noch zu Atem kam. Er fühlte es im Bauch wie den Druck vor der Erwartung vor einem Ausflug, er atmete jede Zeile davon in sich hinein, alles erkannte er, als hätte er all die Gefühle und Begebenheiten selbst erlebt: *»Ich fühlte, bevor ich dachte ... ich erinnere mich nur an meine ersten Lektüren und an ihre Wirkung auf mich«*, und dann ein paar Zeilen weiter dieser Satz: *»Es war die Zeit, ab welcher sich ununterbrochen das Selbstbewußtsein von mir selber festlegte.«*

Genauso war es ihm auch ergangen, und das fand er niedergeschrieben bei einem, der zweihundert Jahre zuvor gelebt hatte.

So kam er von einer Erinnerung zur anderen. Es war im Oktober 1943 gewesen, zur schlimmsten Zeit des Jahrhunderts, da es nur noch Zeter und Mordio gab und die deutschen Naziokkupanten mit Hilfe der Verräter der Vichyregierung raubten, profitierten, vergewaltigten und töteten, kurz bevor dieselben Deutschen ihn abholen gekommen waren, während sich draußen der Himmel abwechselnd aufhellte oder Dunkelheit über die Berge warf, war er plötzlich mit einem Ruck in sich selber hineingefallen, und in ihm war nichts sonst als diese schlichte Feststellung; alles andere, alle Gefühle hoben sich ab, das war wie ein Untersatz, den man ihm nicht nehmen konnte, auf dem alles Weitere stehen würde, der ihm blieb, lebenslang eine ununterbrochene, haltlose Selbstfeststellung.

Es war wie ein Taumel, der ihn erfaßte, festzustellen, daß es jenem so berühmten anderen genauso ergangen war wie ihm, und dabei las er *»ich wurde zur Person, deren Geschichte ich las«*. Alles stimmte mit ihm überein, die Lektüre begeisterte ihn, beruhigte ihn. Nie hätte er sich gedacht, daß man die Dinge, wie sie waren, in einem Buch, bei einem anderen, schon lang verstorbenen Menschen finden könnte. Landschaften öffneten sich in ihm, er sah beim Lesen Genf und den See und vor allem das Dorf Bossey mit den vielen Obstbäumen und Wiesen, und dann las er weiter:

»Da Fräulein Lambercier für uns die Liebe einer Mutter empfand, hatte sie auch deren Autorität und brachte sie manchmal so weit, uns, wenn wir es verdient hatten, wie Kleinkinder zu strafen. Ziemlich lange blieb sie einfach bei der Drohung, und diese Drohung einer für mich ganz neuen Strafe schien mir sehr erschreckend; nach deren Ausführung fand ich sie beim Erleiden weniger schrecklich, als die Erwartung davon gewesen war, und das Sonderbarste dazu war, daß mich diese Strafe noch mehr diejenige lieben ließ, die sie mir erteilt hatte. Und es brauchte sogar die ganze Wahrheit solcher Liebe und meine ganze natürliche Sanftheit, um mich daran zu hindern, Wiederholung derselben Behandlung zu suchen, indem ich sie verdient hätte: denn ich hatte im Schmerze, ja auch in der Scham, eine Beimischung an Sinnlichkeit gefunden, die mir mehr Lust als Furcht hinterließ, es neu von derselben Hand erteilt zu empfinden.«

Daß so etwas überhaupt geschrieben stand, war derart unerwartet und ungeheuer, daß er sich umdrehte, um zu wissen, ob man ihn beim Lesen beobachtete. Daß so etwas nicht verboten war, man es aussprechen, sogar schreiben konnte und dabei auch noch weltberühmt wurde! Es ergriff ihn eine noch nie erlebte Aufregung, eine unbekannte Aufwallung: also die Welt war anders, als man es ihm beigebracht hatte; auf einmal stockte ihm der Atem, der Blick verwirrte sich, Tränen kamen ihm in die Augen vor Erstaunen, also war er nicht der einzige, dem es nach der Strafe so sonderbar erging, er war nicht der einzige, dem solche eigenartigen Gedanken kamen, daß man sich beinahe die Strafe wieder herbeiwünschte. Es war doch sonderbar, daß daraus genau das Gegenteil von dem entstand, was die Erwachsenen erwarteten.

Und ein wenig weiter beschreibt Rousseau, wie er als zwölfjähriger Knabe mit dem schon erwachsenen Fräulein Goton Schule spielte, was ihn *»zu ziemlich kurzen und lebhaften Begegnungen unter vier Augen führte, wo sie gnädig genug war, die Schulmeisterin zu spielen, und das war alles, jenes alles aber, welches tatsächlich alles für mich war, schien mir das höchste Glück . . . sie erlaubte sich mit mir die größten Ausgelassenheiten, ohne mir eine einzige zu gestatten; sie behandelte mich einfach als Kind«*.

Deutlicher konnte man die zweideutigen Wonnen der Züchtigungen durch die Hand eines »Frauenzimmers« wohl nicht ausdrücken.

Auf einmal war alles für ihn wieder heil. Und dabei gehörten die *Bekenntnisse* von Rousseau zu den großen Texten der französischen Literatur, wie er es überall bestätigt fand, denn der Name Rousseau tauchte ständig auf, wie der von Chateaubriand, im Diktat zum Beispiel, im Grammatikbuch, ebenfalls auf Bildern. Auch hatte er erfahren, daß er im Panthéon, einem kirchenförmigen Denkmal, in Paris begraben lag, wo Frankreich seine großen Schriftsteller und Forscher ehrte. Sie lagen unter einer großen Kuppel, die er oft im Lexikon angeschaut hatte, Victor Hugo, Boris de Schoelcher und Voltaire lagen da auch.

Es gab sogar ein Liedchen, das man bei passender Gelegenheit nebenbei vor sich hin summte: *C'est la faute à Voltaire, c'est la faute à Rousseau* (Schuld ist Voltaire, schuld ist Rousseau). Das hatte man angeblich zur Zeit der großen Revolution gesungen, wie er aus Schulbüchern erfahren hatte, denn obgleich er in einem streng katholischen Internat lebte, hatte man die Revolution nicht verschweigen können. Größere Schüler, die für die Sommerferien gekommen und beim Abitur durchgefallen waren, hatten ihre Bücher zur Vorbereitung auf die Septemberprüfung mitgebracht, und in ihren Geschichtsbüchern hatte er die Revolution von 1789 entdeckt, das Bild, auf dem der Schwur des *Jeu de Paume* abgebildet war, alle Abgeordneten, die da zum Treffen mit dem König versammelt waren und schworen, sich nicht zu trennen, bis Frankreich eine Verfassung hätte, der erste Schritt zur Revolution, man sah den großen Saal mit wehenden Gardinen an den hohen Fenstern; und in diesem Kapitel war immer wieder der Name Rousseau gefallen.

Und so las er weiter und kam dann zur Stelle, wo der junge Rousseau mit seinem Vater einer Tat beschuldigt wird, die er überhaupt nicht begangen hat, und schreibt: *»Es gelang nicht, mir das Geständnis zu entreißen, welches man verlangte. Mehrmals wieder vorgenommen und in einen fürchterlichen Zustand gebracht, blieb ich unüberredbar, ich hätte gern den Tod erlitten und war dazu entschlossen. Die Gewalt mußte der teuflischen Widerborstigkeit eines Kindes weichen; denn anders wurde meine Ausdauer nicht genannt. Endlich kam ich aus dieser grausamen Bestrafung zerschunden aber triumphierend heraus.«*

Es war wieder wie ein Schlag auf den Kopf, wie konnte es möglich sein, daß man sich in so einen, dessen Buch man las, hineinfühlen konnte, als wäre man er selber, und das sonderbarste dabei war, daß es das alles nur in kleinem, schwarzem Gekrakel auf einem Blatt Papier gab, und doch war es er selbst. Da wurde ihm plötzlich klar und deutlich, daß auch er, wie der junge Rousseau, stets mehrmals vorgenommen wurde und nie nachgab, auch wenn er schuldig war und noch weniger, wenn er sich unschuldig wußte, und die Schläge herausforderte und heulend die Züchtigende narrte und bat, man solle weiterstrafen. Jetzt wußte er, man konnte nicht gegen ihn an.

Der kleine Rousseau, der solches Vertrauen zu den Erwachsenen gefaßt hatte, lebte von nun an nur noch in einer finster gewordenen Welt. *»Die Landschaft sogar verlor in unseren Augen den Zauber an Sanftheit und Einfachheit, der ans Herz geht. Sie schien uns nun leer und finster; sie hatte sich wie mit einem Schleier überzogen, der uns die Schönheiten verdeckte.«*

Nur daß er, der Jüngling, solche Verzweiflung schon lang nicht mehr an sich herankommen ließ, er hatte gelernt, den Kummer abzustoßen, er glaubte den Erwachsenen schon lang nicht mehr, hatte ihnen nie richtig geglaubt, dafür hatte er jetzt jenen merkwürdigen Ausgleich, von dem er nichts verstand, der ihn aber von der Besorgnis ablenkte, ihn konnte er überallhin mitnehmen, er hatte ihn an sich und konnte sich ihm des Abends ergeben, und ganz besonders nach der Strafe.

Er las weiter, und es gab Passagen, in denen der Verfasser auszuholen schien und durch die erzählten Begebenheiten die Spannung vorbereitete, bevor er wieder zu solchen den gesamten Körper erschütternden Stellen kam, in denen der junge sechzehnjährige Rousseau von seiner Rückkehr aus Turin, als Konvertit, erzählt: *»Ich war aus Italien nicht ganz so zurückgekehrt, wie ich hingegangen, aber doch so, wie vielleicht noch nie jemand meines Alters von dort zurückgekommen ist. Ich brachte zwar nicht meine Unbeflecktheit, jedoch meine Jungfräulichkeit mit mir. Ich hatte das Fortschreiten des Alterns gefühlt; mein unruhiges Temperament war endlich aufgebrochen, und sein erster ganz unfreiwilliger Erguß hatte mir Ängste über meine Gesundheit eingeflößt, die besser als alles andere von der Unschuld zeugen, in der ich bis dahin gelebt hatte. Nachdem ich mich schnell wieder beruhigte, erlernte ich jenes gefährliche Ersatzmittel, das über die Natur hinwegtäuscht und junge Leute vor vielen Unordnungen auf Kosten ihrer Gesundheit, ihrer Kraft und manchmal ihres Lebens schützt. Dieses Laster, das die Scham und die Scheu so bequem finden, hat zudem einen großen Reiz für alle lebhaften Phantasien: es erlaubt ihnen sozusagen über das ganze Geschlecht zu verfügen, wie es ihnen gefällt, und ihrer Lust diejenige Schönheit dienstbar zu machen, die sie am stärksten reizt, ohne erst deren Einwilligung einholen zu müssen ...«*

Er hatte sofort verstanden und sofort auch gewußt, daß das mit Gesundheit nichts zu tun hatte. Im Internat war man wegen solcher Selbstspiele hinter einem her, eigentlich nur deswegen, es sei eine Todsünde und schade ganz besonders der Gesundheit, so daß Rute und Peitsche die einzige Antwort darauf seien.

Es war das erste Mal, daß er davon erfuhr, und noch

dazu aus der hohen Literatur, von der er wußte, daß sie die Nation darstellte, zu der er nun um so mehr gehörte, als man ihn doch geschützt und in Obhut genommen hatte. Und gerade von einem der meistgelesenen Autoren Frankreichs, dem es anscheinend gar nicht einmal so schlecht ergangen war, erfuhr man vom Verbotenen.

Nach solcher Lektüre verstand er auch, warum er sich so oft das Gemälde *Kanzler Séquier von Lebrun* angesehen hatte. Es stammte aus den Jahren 1675–1680 und stellte den Staatsbeamten aus der Zeit Ludwigs des XIV. dar, wie er unter bewölktem Himmel auf einem weißen Pferde einherreitet. Das ganze Bild ist mit der Pagengefolgschaft gefüllt, die neben dem Kanzler geht, der Kanzler reitet behaglich in goldenem Gewand, während ein junger Mann einen goldbefransten Sonnenschirm über ihn hält und sich dabei zu dem viel Jüngeren hinter ihm umdreht, der ihn mit halboffenem Mund, voll Bewunderung und Ergebenheit anschaut. Man errät, wie er in irgendeiner stillen Ecke vor dem Größeren hinkniet, um zu zeigen, wie gefügig, mundfertig und gewandt er ist, wie gekonnt er dabei vorgeht, so wie er es im Jesuitenkolleg von den Größeren gelernt hat, wie er ihm völlig ergeben ist, in ihm aufgeht, wenn er empfangen darf, mit Lippen und Stirn.

Vor dem Pferd gehen drei weitere junge Leute einher, einer, von hinten gesehen, blickt den neben sich an, während dieser einen anderen, der auch hinter dem Pferd geht, anschaut. Sie sind wundervoll seiden- und samtbekleidet, in blaugrauen, enganliegenden Beinkleidern und golden bestickten Wämsern und Roben. Bestimmt wenden sich die Größeren zu den Jüngeren um, um sich ihrer Ergebenheit zu versichern. Vielleicht war einer von ihnen sogar Page bei der Schwägerin des Königs, Lieselotte von der Pfalz, gewesen, die, wenn sie an einem Pagen etwas auszusetzen hatte, ihn ins Saint-Lazare-Gefängnis schickte, damit er jeden Abend mit der Rute bestraft werde.

Und er, er stellte sich den entkleideten Pagen vor, wie er unter der Rute um sich selber herumwirbelte und wimmerte und vielleicht sogar flehte, obgleich es einem Knaben seines Ranges nicht gemäß war, unter der Strafe zu schreien, und wie er seiner selbst stolz war, trotz des brennenden Schmerzes, den er an sich hatte und den sich keiner auch nur erdenken konnte, und wie er sich vor dem inneren Auge dabei die Raumfluchten von Versailles vorstellte, die jungen Bäume und die trabenden Wolken darüber.

Und noch ein anderes Bild stellte sich ein, das ihm irgendwie zugekommen war, es war von einem deutschen Maler, Scholderer hieß er, es war das Bildnis eines sehr jungen Menschen mit weichem, noch kindlichem Gesicht, in Hemdsärmeln, der da mit offenem Kragen sitzt, ein Bein am Fenstersims und seine Geige schräg gegen das andere gestützt, die er mit den Fingern am Steg hält; den Bogen hat er in der anderen Hand. Vor ihm steht ein Stuhl, hinter ihm eine Kommode mit halboffener Schublade. Wie er da so sitzt und seine Geige gegen den Schenkel gestemmt hält, denkt man ihn sich des Abends, wie er die Tür verriegelt und mit sich selber spielt, es immer wieder hinauszögert, sich immer wieder unterbricht, wie er gelernt hat, das große Wunder immer später auflodern zu lassen, und wie er dann endlich, nach langer Zeit, aufschreit und sich gehenläßt, ganz wie der junge Rousseau in Les Charmettes.

»Übermorgen um fünf im Waschraum«, hatte ihm Robert de S., der junge Aufseher, gesagt. Er wußte fast genau, wie es sich abspielen würde, er war schon in sich selber, wie er sein werde, mit dem geschlossenen Raum um sich herum, den beiden Duschkabinen, durch deren verglaste Türen das Tageslicht drang, die roten Fliesen des weiten Waschraums mit den weißen Waschbecken so seltsam nebeneinander; je eine Reihe zu zehn Becken auf jeder Seite, und jedes Becken mit Abfluß und Tablett und Vertiefung für die Seife, und jedes komplett, für sich, als gäbe es die anderen Becken nicht, und zwischen ihnen immer dieselbe schwarze Trennungslinie, die es zwischen Tür und Mauer gab, die Linie, die man auch selber hatte, wenn man die Hände flach aneinanderhielt, die es zwischen Tür und Mauer gab, an den Fenstern, zwischen den Tellern oder Büchern, und man hatte sie auch zwischen beiden Schenkeln, diese schwarze Trennungslinie, sie war überall, wie ein Bestandteil der Welt.

Er wußte, wie es durch den ganzen Schlafsaal schallte, wenn man vom lederbehandschuhten Aufseher vor aller Augen die abendlichen Fünfzig auf den Blanken bekam.

Er war stolz, es so lange unter den Hieben auszuhalten, ohne zu schreien. Er hatte kaum Angst, ihm war nur bange, die Erwartung aber ließ ihn alles überdeutlich wahrnehmen, und unaufhörlich kam es ihm: ob er doch schreien würde, einer der Mitschüler könnte die Treppe heraufkommen und lauschen, ob er Geräusche hörte, von einem Gürtel, den man aufschnallte, oder vom leisen Herunterstreifen der Hose, von den Beteuerungen, den Versprechungen und den kurzen Gesprächen davor; die eine Stimme immer belegt und noch kindlich ergebener als sonst, die andere barsch und bündig und vielleicht auch ein wenig amüsiert. Vielleicht hörte er das Aufklatschen, das Heulen, um es dann unten den anderen weiterzuerzählen. Hätte der Aufseher vergessen, die Tür abzuschließen, würde er sogar etwas von seiner Nacktheit mitbekommen.

Es war noch gar nicht lange her, daß er zuletzt im Waschraum bestraft worden war, wegen einer Bemerkung der Prinzipalin. Es war im Repetierzimmer gewesen, als ob sie sich freue, mehr zu wissen als er, der doch nur ein Kind war, hatte sie ihm fälschlicherweise gesagt, er mache einen Orthographiefehler; zu Recht, seiner Sache nun einmal sicher, war er in eine unheimliche Wut ausgebrochen. Es hatte sich tagelang in ihm aufgestaut, denn wie alle anderen hatte sie stets etwas an ihm auszusetzen, und wieder einmal hatte er jemanden beleidigt, er hatte ihr zugebrüllt, daß sie kein Recht habe, ihm etwas vorzuwerfen, sie sei nicht seine Erzieherin, und im übrigen sei sie eine Niete, sie habe nicht einmal Abitur. Sie hatte ihn sich dann selber vorgenommen, im Waschraum, er hatte sich bis auf die Socken ausziehen müssen, die Hände waren ihm gefesselt worden, und geschrien hatte er wie selten, unten hatten die anderen alles mitgehört.

In ihm ging es von einem Gedanken zum anderen, und

das Unwohlsein ließ nicht ab, auf der Brust trug er wieder das schwere angenagelte Brett: »Übermorgen um fünf im Waschraum, und die Gerte nicht vergessen«, hörte er immer wieder, wie von einem inneren Grammophon aufgenommen.

Und wieder einmal sah er sich durch das Wäldchen hinaufklettern mit den Haselgerten in der Hand, wie er sich selber entgegenging, wie er das Unvermeidliche vor sich herschob, wie er schon genau wußte, wie er weinen würde, aufs widerlichste betteln, obwohl klar war, daß das Strafmaß immer eingehalten wurde. Er stieg den Abhang hinauf, sich selber befehlend, und erstickte doch fast vor Angst vor dem, was ihn erwartete. Wären Fußgänger oben auf der Straße vorbeigegangen, hätten sie nur einen Jüngling gesehen, der einige Zweige trug, sonst nichts.

Früher war es bloß eine schlechte Gewohnheit gewesen, jetzt gehörte es zu seinem Wesen, er baute sich darauf auf, verfeinerte daran seinen Geist; seine Erinnerungen und Assoziationen weiteten sich um so mehr aus, als er streng betraft worden und die Scham groß gewesen war. Den ganzen Tag stellte er sich vor, wie er mit zurückgestreiftem Nachthemd auf seinem Bett lag, sich warten ließ im Augenblick des Verhaltens, in dem man sich vor Wollust aufbäumt und es noch nicht kommen läßt. Jetzt wußte er, daß die letzte Wollust um so größer ist, als man sie zugleich herausfordert und hinauszögert.

Bilder schossen durch ihn hindurch, und er hielt sein verzücktes Stöhnen zurück. Er lag da, ein jungfräulicher Jüngling, der gerade dabei war, das Weltwunder zu entdecken. Jedesmal verfeinerte, verlängerte er das Selbstspiel, daß er solche gotthafte Schärfe erreichen konnte, würde ihn nun jenseits jeden Kummers, jeder Besorgnis bringen: er war selber Gott, allein für sich Gott geworden, er verfügte über sich selbst, und es gehörten nun die Schmach, die Schande und die Strafe mit zur Erlösung.

Wenn er die Augen schloß, wurde er zum Inhalt seiner Inbilder: sein schuldiger, unbehaarter, ein wenig weiblicher Körper wird strafbereit den Mitschülern zur Schau gestellt, die Hände werden ihm gebunden, die leichten Gertenstreiche, die ihn in die richtige Stellung weisen, die Strafhand, die er küssen darf, und dann wieder auf dem Dachboden die Wärme nackter Schenkel, die sein Gesicht umschließen. Sein Aufschrei aber hallt durch den Schlafsaal, und schon leuchtet die Taschenlampe ihn an.

Nun kamen sie ganz oben nach der letzten Straßenbiegung zum Hochplateau, wo das Internat stand und die Aussicht so weltweit wurde. Und gerade dort hatte der kleine Lieferwagen gestanden, der ihn vor gar nicht langer Zeit zu einer anderen Missetat geführt hatte, die ihm keiner vorgeworfen hatte, von der sonst niemand gewußt hatte und bei der auch nichts passiert war, nur daß seinetwegen jemand Angst gehabt und sich vielleicht auch geschämt hatte, und dabei jemand, der ihm nur Gutes wollte.

Aus Annecy war extra, fast seinetwegen, der Nachfolger von Pastor C. zum monatlichen protestantischen Gottesdienst ins Dorf gekommen. Es war eine ziemlich lange Eisenbahnfahrt gewesen, um das ganze Gebirge herum. Von Sallanches aus, wo die Bahn hielt, war er mit den

Kartoffeln heraufgefahren worden und ging den ganzen Weg zu Fuß hoch bis ins Hôtel du Mont d'Arbois, wo er vor fünf, sechs Dorfleuten predigte, mit großen schwarzen Ärmelgesten im Talar, in einem gelb gestrichenen Saal mit rechteckigen Fenstern, die auf Tannenfluchten öffneten. Er, der Jüngling, der sich als Protestant ausgegeben hatte und es auch tatsächlich war, hörte der Predigt zu.

Fünf Monate nach der Geburt war er zu Hause von Pastor Fries getauft worden, und es hatte ein prunkvolles Festessen gegeben, mit Lichtreflexen auf Glas und Silber, davon war ihm immer wieder erzählt worden. Daß er, obwohl er getauft worden war, doch Jude gewesen war, hatte ihn immer gewundert, es mußte mit ihm selbst zu tun haben, mit dem, was er abends im Bett machte und jetzt auch immer öfter im Freien, im Wald, wenn er sicher war, im Farnkraut ungesehen zu sein, und er sich vollkommen frei machen konnte, wie sonst nur für die Strafe. Und trotz allem glaubte er innig an die wortlose Seinsfreude, es war eine Begeisterung in ihm, aber er schämte sich vor dem indiskreten Gebet, das andere immer bereitwillig zeigten, den Kopf gesenkt und die Hände gefaltet. Wenn man ihn danach fragte, griff es wie ein Haken in ihn hinein, und er krümmte sich vor Scham zusammen, lieber würde er sich vor aller Augen strafen lassen, als nur ein Wort zu verlieren über das Wortlose, das er in sich fühlte. Schon allein das Wort Gott schien ihm unanständig, denn was es da gab, war ohne Worte, ohne Gedanken, zu unfaßbar, als daß daran überhaupt nur gedacht werden konnte, und doch war es da, er hatte es in sich wie eine Gewißheit, die jeder in sich hatte und von der keiner wissen konnte.

Und dabei tat er immer den Frommen, der, wie seine katholischen Mitschüler, sein Vaterunser und sein Seigegrüßt hinunterleierte, daran glaubte und sich dennoch als Protestant fühlte, obgleich damals, 1937, der Dorfpastor ihn seiner Herkunft wegen aus dem Kindergottesdienst ausgeschlossen hatte. Er erinnerte sich genau daran, wie er enttäuscht gewesen war, nicht mehr das große Glasfenster von innen anschauen zu können, auf dem Jesus mit einem schönen blauen Banner mit einem gelben Kreuz stand, das im Herbst so leuchtete, wenn nachmittags die Sonne schon tiefer stand. Jesus war sein großer Freund geworden, dem er sich auf dem Bauernhof oft anvertraut hatte, aber jetzt, wo er jenes herrliche und verbotene Andere entdeckt hatte, traute er sich das nicht mehr. Damals, zu Hause, stieg er auf einen Schemel und predigte dem Pastor das Wort Gottes nach, mit Inbrunst hatte er sich die Worte gemerkt und sich in seiner einfältigen Eitelkeit zum Gottesamt berufen gefühlt.

Das Katholische gefiel ihm, da war so etwas Violettes dabei, es gab viele Heilige, viele Geschichten mit Folterungen, die er alle gelesen hatte und in denen immer etwas Heimliches steckte. All diese katholischen Geschichten kribbelten einem im Körper herum, und in der Dorfkirche der Weihrauch und die so hübschen kleinen, rot angezogenen Meßdiener, die so fromm taten und so herrlich sangen. Ein solcher vierzehnjähriger Sänger aus einer Gruppe, die von Kirche zu Kirche durch Frankreich zog, war für zwei Tage im Internat untergebracht worden im Bett neben ihm, auf den ersten Blick war zwischen ihnen beiden eine völlig reine, innige Liebe entstanden, sie hatten sich umschlungen, geküßt und umarmt und waren am Tage der Trennung in Tränen aufgegangen und hatten gewußt, daß sie lebenslang aneinander denken würden.

Noch vor einigen Wochen, wenn er zum Milchholen geschickt wurde, hielt er den Tannen lange philosophisch-theologische Vorträge, in denen er den Bäumen zeigte, daß das Nichts Gott war, weil das Nichts überall dort war, wo etwas war.

Die Direktorin, die in jeder Beziehung für ihn verantwortlich war, hatte ihn zum protestantischen Gottesdienst geschickt und war sogar mitgekommen, so gingen sie nebeneinander auf der hier flachen, geradlinigen Straße, ganz oben mit den alles umrundenden Bergkuppen und Hochtälern, es machte ihr Spaß, ihn dahintrotten zu sehen, dieses schlaksige Kind, sie hatte ihn sehr lieb, diesen unglücklichen, sensiblen, etwas verrückten, aber hündisch anhänglichen Knaben, deshalb peitschte sie ihn so oft aus. Sie war immer sonderbar aufgeregt, wenn er sich halbnackt unter der Rute wand, sie es an ihm sah, er winselte, flehte, weinte, bettelte, oder wie er ausschlug, aber doch immer in Stellung blieb, wenn sie ihn mit der dünnen Gerte vornahm und ihm nachher die Tränen aus den Augen wischte und ihn umhalste und so tat, als bedauere sie, für sein seelisches Wohlergehen zu so scharfen Strafen greifen zu müssen, und er mit noch verweinten Augen sagte, wie dankbar er ihr war.

Sie schaute ihn liebevoll an, es war wie ein Einverständnis zwischen ihnen. Seit so vielen Jahren schon hatte sie ihn an der Hand, kannte ihn auswendig und wußte, daß er sie brauchte und ihre Strenge über alles liebte.

Vor ein paar Wochen, einen Tag, nachdem sie ihn wegen einer sehr schlimmen Lüge aufs strengste bestraft hatte, so daß die Rutenspitzen lange nachher überall im Zimmer, unter Tisch und Sesseln, zu finden gewesen waren, hatte er ihr einen überbordenden Narzissenstrauß mitgebracht, er war zum Briefeinstecken ins Dorf hinuntergeschickt worden, und als wolle man ihm verzeihen, hatte man ihm zur Abwechslung erlaubt, die Straße hinaufzugehen statt der so steilen Abkürzung. Die Straße war am Bergrand angelegt, und sie verlief zwischen Felsen und hochgewachsenen Tannen auf einer Seite und gab auf der anderen, zwischen rötlich braunen Stämmen, die Aussicht frei auf das nach Norden verlaufende Tal.

Die Straße stieg sofort steil an, bis sie nach einer Nadelkurve die entgegengesetzte Richtung einschlug. An dieser Stelle lag eine Art Mulde im Abhang, und da wuchs eine ganze Wiese Narzissen, die leise im Wind wogten wie eine leise weiße Brandung, die Blüten aufgelöst über einem grünen Gewirr von Stengeln. Er tauchte hinein, in ein spärliches und feuchtsteifes Meer, das ihm bis an die Hüften reichte, er pflückte seinen Strauß und brachte ihn der Direktorin, die ihn ganz gerührt anschaute und fragte: »Sie haben mich also lieb?« Sie hatte ihm das Gesicht gestreichelt: »Trotz meiner Strenge? Aber das ist doch nur zu Ihrem Wohl, mein Kind.« Und er war stolz gewesen, daß sie ihn liebhatte und sich seinetwegen sorgte, sich die Mühe der Vorrichtungen und der Strafen gab, und vor allem, daß sie hinter ihm her war und ihn so wirksam zum Lernen zwang, daß er dank ihrer sogar zum guten Lateinschüler geworden war.

Und nun freute er sich, daß sie, die doch Katholikin war, mit ihm zum protestantischen Gottesdienst ging. Er allerdings hatte dem Gottesdienst mit einer ihn störenden Gleichgültigkeit beigewohnt, als wäre etwas von ihm abgefallen, als gehöre das nicht mehr zu seiner Innenwelt, er hatte ja nun das ihn immer mehr einnehmende Andere entdeckt.

Er war auf einmal verwirrt worden von den größeren Mitschülern, die da so standen wie er selber und ihre Blöße zeigten, wenn sie sich neben ihm wuschen, und sogar meistens freundlich zu ihm waren, dabei wurde es ihm schwarz vor den Augen. Alle dachten, wie er selber, fast an nichts anderes und taten es, und er tat es ihnen nach, und abends gab es dann die herrlichen Spiele, die um so erregender waren, als die Strafe dafür ebenfalls mit der Blöße zu tun hatte.

Die anderen wunderten sich manchmal über ihn und fragten ihn, wieso er sich das alles gefallen lasse, worauf er keine Antwort hatte, nur wußte er irgendwie, daß er so dem Heimweh entkam, das immer mehr an ihm fraß, jetzt, da der Krieg zu Ende war und es vielleicht möglich war, die Heimat wiederzusehen, aber das durfte er nie in sich hochkommen lassen, die Mutter war doch tot.

Ob der neue Pastor – der frühere, der versucht hatte, ihn vor den Deutschen zu verbergen, war in eine größere Stadt versetzt worden – davon erfahren hatte, jedenfalls hatte er ihn und drei andere Größere ins nahe Wäldchen mitgenommen und ihnen erklärt, wie Kinder geboren wurden, auf ein Blatt Papier hatte er eine trichterförmige Gebärmutter gezeichnet, mit den immer größer werdenden Eiern, von welchen eins dann vielleicht befruchtet würde. Sie saßen um den Pastor herum auf sonnenerwärmten Tannennadeln. Ein Lachanfall ergriff ihn ganz plötzlich, als stünde er da vor Verbotenem, er konnte sich nicht mehr halten, schoß auf, bog sich unter den ein wenig bestürzten Blicken des Pastors, der ihn unverwandt anblickte und alles verstanden hatte.

Am nächsten Tag, ein hoher Morgen, als ginge man auf Ausflug, forderte ihn Fräulein Lucas auf, den Pastor bis zum Autobus zu begleiten. Es war gerade der Obstmann da, der Äpfel und Tomaten geliefert hatte, Kartoffeln gab es noch nicht in Hülle und Fülle, die mußte man, wenn es um größere Mengen ging, noch selber beim Bauern holen. Der Obstmann war mit einem kleinen Holzgaslieferwagen gekommen mit offener, randloser Pritsche und schlug vor, den Pastor ins Dorf herunterzufahren.

Vielleicht wußte der Pastor, daß der Jüngling kaum je Auto gefahren war, und hatte daher darauf bestanden, er solle mit einsteigen, er selber würde hinten auf der Pritschenplatte sitzen. Sie waren kaum abgefahren, und der Junge war tatsächlich entzückt, zum ersten Mal wirklich Auto zu fahren, als der Chauffeur sagte: »Wir wollen ihn ein wenig zum Schwitzen bringen.« Der Jüngling wagte nicht einmal einen Widerspruch, aus Feigheit und zynischer Mittäterschaft.

Mitten in der großen, überragenden, schroffen und doch bis in unermeßliche Fernen reichenden Landschaft saß man da in dem kleinen Gehäuse, ins Rattern und Quietschen und Heulen des Motors eingeschlossen, im sonderbaren Geruch, der von innen aufstieg, eine Mischung aus Leder, Benzin und Klebstoff, ein Stadtgeruch, der zum Reisen einlud.

Die Felsen, Tannen, die unendlich langsam an einem vorbeizogen, wenn man zu Fuß ging, zogen nun immer schneller vorüber. Die Geschwindigkeit stand ihm im Leib. Wenn er den Kopf leicht drehte, sah er die dunkle Masse des Pastors im Rückfenster, der sich mit beiden Händen festhielt, die schwarzen Schuhspitzen zu beiden Seiten und die von der Anstrengung hellweiß gewordenen Fingerknöchel. Sobald in einer Kurve langsamer gefahren wurde, kehrte Farbe in die Knöchel zurück, und man sah, wie der Pastor gegen die Scheibe zu klopfen versuchte und der Fahrer jedesmal Gas gab und lachte. Der Jüngling, der mitlachte, war zu feige, dem kaum älteren Fahrer zu sagen, er solle langsamer fahren. Wenn die Kurve scharf war, hörte man von innen die beiden Schuhhacken auf die Holzpritsche prallen, ein dumpfes Theatergeräusch, und dabei vernahm der Pastor das schallende Lachen der beiden.

Als der Lieferwagen vor dem Busbahnhof hielt, der mit dem viereckigen Gemüsegarten dahinter so wenig nach Bahnhof aussah, sprang der Pastor von der Platte herunter, schüttelte sich den Staub vom Mantel und schaute lange den Jüngling an, der sich auf einmal so sehr schämte, daß ihm die Tränen in die Augen kamen und er aufheulte, dort auf dem Platz, denn er wußte, die Gnade war nicht mit ihm, tat er doch immer Böses gerade jenen an, die es gut mit ihm meinten und etwas für ihn tun wollten.

Er war doch nur ein Böser, und jetzt hatte er sogar grundlos den neuen Aufseher beschimpft, es sperrte ihm die Brust zu, auf die wieder das Brett genagelt war, dessen Umrisse er aufs genauste hätte nachzeichnen können, es nahm ihm beinahe den Atem. Er verlangsamte den Schritt, ließ die anderen Abstand gewinnen, damit sie ihm nicht die Schande aus den Augen lasen, von der sie doch alle genauestens wußten. Sie kannten ihn von allen Seiten, so oft war er ausgestellt worden, sie hatten ihn alle erlebt, wie er sich gebärdete, schrie, flehte, seine Feigheit zur Schau stellte, wie er für einen Zusatz an Nudeln oder Dampfkartoffeln oder einfach Brot zu jeder Untertänigkeit, zu jedem Dienst und zu jedem Bekenntnis bereit war, nur eins würde er nie tun, jemanden verraten, seine Erwartung enttäuschen, er wußte allzugut, wie sehr so etwas schmerzen konnte.

Keiner der Großen, der nicht schon auf seinem Gesicht gesessen hätte oder es ihm nicht vollgespritzt hätte, sie verachteten ihn nicht einmal, sie mochten ihn eigentlich recht gern, konnten sie ihn doch anfassen, wie sie wollten, und dabei beugte er sich sogar noch vor Ergebenheit vor und weinte fast vor Freude darüber, daß man sich nur mit ihm befaßte.

Die anderen waren immer weiter vorausgegangen, und er hatte noch nicht einmal die Nadelkurve der Straße erreicht. Sie waren schon außer Sicht, obgleich hier, am den seichten Abhang durchschneidenden Weg, nichts die Aussicht versperrte, bis zur Tannenwand an der Straßenseite, deren Spitzen nur die entfernten Bergzüge durchließen.

Vielleicht hatte der Aufseher die anderen zu schnellerem Gehen ermutigt, damit er zu spät komme, was dem Verspäteten immer ein Strafe eintrug, die er sich dann aussuchen konnte: Linealknien (eine halbe Stunde, 500 Zeilen, fünfzig mit der bloßen Hand oder 25 mit der Gerte). Das war ein festgelegter Tarif, danach hatte man sich zu richten, und kaum kam jemand zu spät; die Füchse aber widerstanden der Versuchung nicht, das einmal auszuprobieren, es gab sogar welche, die das wiederholten.

Und er, wieder hatte er sich an jemandem vergangen, am Aufseher, der es doch gut mit ihm meinte. Er bekam es nicht aus dem Kopf, er ging immer langsamer, brach sich im Vorbeikommen Zweige ab, zur Erinnerung oder in Erwartung ließ er sie durch die Luft sirren und erschauerte. Nach einiger Zeit erreichte er die Wiese an der Nadelkurve der Straße, wo er die Narzissen für Fräulein Lucas gepflückt hatte, wo aber auch die Hacken des Pastors so laut gegen die Planke geschlagen hatten.

Die Erwartung des Bevorstehenden machte ihm Augen, als ob er sich lebenslang daran erinnern sollte. Jede Einzelheit, die überhängende Böschung mit den eingeflochtenen Tannenwurzeln, die darauf wachsenden Waldblumen, die riesige landschaftsweite Ausbuchtung der Talschaft zur anderen Seite, die hohe stechende Luft, alles wurde ihm auf einmal unersetzlich, das war seine Heimat, er kannte alles, nichts konnte ihm da passieren. Vielleicht würde man ihn später einmal als Hilfslehrer oder Aushilfe anstellen, und beim Gedanken, der ihm da kam, schloß er die Augen, so sehr schämte er sich vor sich selber: er stellte sich vor als Diener, wie er schon erwachsen an der Glastür anklopfen würde, devot und ergeben, es wäre alles so einfach, man würde weiter über ihn verfügen, ihn herankommen lassen, wenn er gebraucht würde, oder er würde sich von selber hinknien. Und weiter sah er sich als treuer Schloßdiener, dessen Lohn es war, daß man ihn behielt, ihm sein Zimmerchen unter dem Dach gönnte und ihn in der Küche verköstigte, er würde unter der Livree eine verbrauchte Weste tragen, in deren Spitzen sich alter Staub und winzige Essensreste zusammengerollt hätten, und mit den Fingern würde der sie unter dem Stoff herausfühlen.

Dieser Gedanke befreite ihn für einen Augenblick von seiner ständigen Angst vor der Zukunft, so hatte er die Sicherheit des Überlebens, seine entfernte Kusine, die für ihn aufkam, würde ihn in ein befreundetes Schloß empfehlen, so war er auf einmal fast sicher, nicht umzukommen.

Er hatte schon öfter von den Clochards gehört, die unter den Brücken von Paris hausten und sich durchs Leben bettelten. Jedesmal sah er sich, wie er von ihnen verfolgt wurde, weil sie sofort erkannt hatten, daß er ein Schmutziger war, mit bösen Gewohnheiten, und das Grauen schüttelte ihm den ganzen Körper.

Er ließ sich jetzt immer mehr Zeit, als wolle er den

Druck in der Brust noch deutlicher fühlen, es war ein Gewicht, das genau in der Mitte an der Oberfläche des Brustkorbs lag, so präzise umrissen, daß er es aus sich hätte herauslösen können.

Er konnte aber der Versuchung nicht widerstehen, neugierig zu sein auf das, was der Erzieher mit ihm machen würde, und darauf, wie der Schmerz sein würde. Es war jedesmal sofort vergessen und mußte stets neu erlebt werden, als seien jene unbeschreiblichen Schmerzen, jenes Kochen und unerträgliche Brennen sein Erkennungszeichen, seine Selbstbestätigung, als wäre er dabei sicher, nicht an sich selbst fehlzugehen.

Auf einmal kam ihm ein ganz anderer Gedanke, angeflogen aus dem Tiefsten seiner Angst: Vielleicht würde Fräulein Lucas genug von ihm haben und ihn loshaben wollen, und enttäuscht, entmutigt würde sie ihn vor die Tür setzen – es lief ihm ein eisiger Schauer zwischen den Schultern herunter –, sie konnte es aber nicht tun, ohne seine Kusine zu benachrichtigen, diese Frist würde ihm auf jeden Fall bleiben; er glaubte allerdings selbst nicht daran, er wußte, er war in Sicherheit, er wollte um Verzeihung bitten, darum, daß man ihn doch behalte, und versprechen, er werde sich bessern, und wußte doch, daß die Gnade nicht mit ihm war.

Er stand nun ganz auf Höhe des Internats an der Stelle, wo die Straße auf einer Seite ganz plötzlich aus der Felsen- und Tannenenge über die unermeßliche Talweite zu kippen schien. Man sah ihn stehen, und jeder merkte, er sei nicht mit den anderen zurückgekommen. Er setzte sich auf die Böschung und konnte nicht anders: als schauen. Er hätte es genausogut vom Balkon des Internats machen können, aber man hätte ihn da sofort wieder hineingerufen, seiner Verspätung wegen.

Und wieder war ihm alles, was ihn umgab, so immens, daß es wie eine Zukunft war, mehr als ein ganzes langes Leben würde man brauchen, um sich in alle hier sichtbaren Landschaftsteile hineinzusehen, ganze Leben könnte man darin verbringen. Stunden brauchte man einzig, um von einem Punkt in der Ferne zu einem anderen zu gelangen. Es war weltweit wie das Leben selber. Und das alles gab es noch zu erforschen, zu erleben bis zum Lebensabend.

Natürlich hätte er weitergehen können, bis zur Mont-d'Arbois-Schwebebahn, bis zur Schreinerei, aber er kannte da niemanden, und die kleine Wirtschaft an der Straßenecke vor der Schreinerei war zu, und sowieso hatte er keinen einzigen Franc, nicht einmal einige Centimes an einer Schnur. Manche seiner Kameraden stapelten sie auf und zogen eine Schnur durch das Loch in der Mitte, und mit zehn davon konnte man sich, wenn es welche gab, einen Apfel kaufen. Er aber hatte noch nie so viel Geld in der Tasche gehabt; man hätte ihn da auch nicht als Laufburschen angenommen, dazu war die Wirtschaft zu klein, und sie hätten sofort das Internat angerufen.

Zum ersten Bauernhof, wo er so lange Monate verbracht hatte, konnte er auch nicht zurück. Im Augenblick der äußersten Gefahr hatte ihn der verängstigte Bauer einfach weggeschickt, obgleich die Deutschen das Dorf nun okkupiert hatten, mit der Miliz Razzien nach geflüchteten Judenkindern veranstalteten. Er sah sich wieder unter den schwarzen Balken, in der niedrigen, verräucherten Küche mit dem kleinen, fast schiefstehenden vierbeinigen Eisenherd. Blitzartig kam ihm alles wieder und war noch gar nicht so lange her gewesen, die Holztür zum Zimmer mit den angenagelten Lederstücken als Angeln, eine Tür, vielmehr ein senkrechter, angehängter Deckel, die Wände, die aus zusammengefügten Brettern bestanden mit den Tausenden und Abertausenden kleinen Punkten aus Fliegendreck, oder die Glashaube im Wohnraum der Eltern, unter welcher, im blauen Kleid mit goldenem Rand und Heiligenschein, die Heilige Jungfrau in Porzellan stand.

Die Bilder überdeckten sich, aber über allen lag die Rückkehr ins Internat, in den ersten Junitagen 1944, kurz nach Beginn der Befreiung, als die Alliierten in der Normandie gelandet waren.

Die Nazis und die Miliz hatten damals unaufhörlich das Hochtal durchstreift, und es war ihm wieder, als ginge er den Weg mit der Angstkugel im Magen und seinen dummen Armen, wie sie an ihm herunterhingen; alles, die Berge, Wiesen, Wege und Straßen um ihn herum, war wie sonst gewesen, nur daß er eben mitgenommen werden sollte und sich vor Angst am liebsten erbrochen hätte, es war ihm, als ginge er zuzementiert, und doch sah er jede Einzelheit genau, nichts entging ihm, und er stellte fest, daß er sogar die Bretter, die an der Sägerei angelehnt waren, mitgezählt hatte. Am besten, sich von sich selbst abschütteln, um bloß nicht der zu sein, der abgeholt werden sollte, wo doch alle anderen einfach waren, wie sie waren, und keiner groß danach fragte. Zugleich schämte er sich, daß er solche Angst hatte und sich zugleich für wichtig genug hielt, als daß man ihn abhole, obwohl dem so war. Überall, jeder wußte es, wurden Kinder mitgenommen, umgebracht, einfach nur, weil es sie gab. Hinter jeder Tanne vermutete er jemanden auf der Lauer nach ihm, die Angst drückte in ihm wie ein eiserner Panzer, an jedem Baum zog sich sein Körper zusammen, und dabei brauchte er gar nicht um sein Leben zu fürchten, er begegnete niemandem, alles war leer.

Zwanghaft suchten seine Augen nach Zwischenräumen, Hohlräumen, in denen er sich hätte verstecken können. In jedes Mäuseloch hätte er sich geflüchtet, in jede Ritze verkrochen, sich wegspülen lassen, um am anderen Ende, mir nichts, dir nichts, wieder herauszukommen, und doch zog es ihn unter freiem Himmel zum Internat, welches von weit her sichtbar war und wo man jeden ein und aus gehen sah. Einmal dort, wäre er zumindest vorläufig in Sicherheit; er wußte, Fräulein Lucas würde ihn schützen, ihm erneut eine Unterkunft finden, dessen war er sicher, vielleicht gerade, weil sie ihn so oft bestrafte. Sie hatte ihn lieb, das wußte er. Wenn er tränenüberströmt vor ihr stand, leuchteten ihre Augen so innig.

Und nun, fast ein Jahr nach diesen Tagen vor der Befreiung des Juni 1944, stand er wie so oft an derselben Stelle und wieder mit dem Gewicht im Magen, aber diesmal ganz anders, freudig fast, da er nun wußte, was es bedeutete, am Leben zu sein. Es konnte ihm nichts mehr passieren, alles übrige war nicht weiter schlimm. Die Angst war verflogen, es blieb die Bangigkeit vor dem entsetzlichen, unbeschreiblichen Schmerz der Züchtigung, von dem allein der Bestrafte weiß, und wenn man davon wüßte, würde man sofort aufhören. Vielleicht peitschte ihn Fräulein Lucas nur aus, um es selber zu fühlen. Die Leute taten einem weh, um zu wissen, wie sich das anfühlt.

Vielleicht hatte er deshalb im Wald, wenn er seines Alleinseins völlig sicher war, sich schon Haselgerten gebrochen, sich selbst halbnackt ausgepeitscht und dabei eine sonderbare Aufwallung des Selbst, eine unverständliche Erregung erlebt und sich zugleich von sich selbst erlöst und mit sich selbst versöhnt gefühlt. Er hatte Angst gehabt, Fräulein Lucas würde bei der nächsten Strafe die Striemen entdecken und glauben, er wolle sich über sie lustig machen, sie narren, sie verleugnen, so tun, als sei sie nichts und wieder nichts, und es würde dann wirklich schlimm werden, mit langer Karzerstrafe danach, vor der er sich immer besonders fürchtete.

Einmal war er zum Milchholen geschickt worden, es war Sommer, die Bauern verkauften weniger gern, und er hatte, höher in die Berge hinauf als sonst, zu entfernteren Verkäufern gehen müssen. Auf dem Rückweg mit den vollen Milchflaschen im Rücken hatte er sich mit zwei fünfzehn- oder sechzehnjährigen Jungen unterhalten, die über ihm auf dem Balkon standen, an denen man es sah und die ihn fragten, ob er es schon mit Mädchen gemacht hätte. Er war feuerrot geworden, ihm hatte das Gesicht geglüht, und verstört war er den Weg hinuntergelaufen, bis er außer Sicht war. An Mädchen hatte er noch nie gedacht, sie kamen ihm nicht einmal in den

Sinn. Er kannte nur Frauen, die er bewunderte und von denen jede ihn hätte vornehmen können, vor jeder wäre er gern niedergekniet. Frauen kannte er, die ihn straften, vor denen er schrie und weinte, flehte und bettelte, versprach und nicht hielt und die er anhimmelte, ein wenig, wie er es bei Jean-Jacques Rousseau gelesen hatte, die seine Träume vervollständigten, aber nie erfüllten.

Der Anblick der beiden Knaben, die von Mädchen redeten, hatte ihn sonderbar verwirrt, und er stieg im Trubel hinunter, bog in den Wald ein, legte den Rucksack ab, und wie im Fieber brach er sich Birkenzweige, zog sich die Hose herunter und wurde von einem alten schnurrbärtigen Bauern überrascht, der vielleicht gar nichts gesehen hatte oder beim Anblick des halb ausgezogenen Jünglings an Notdurft dachte. Vor Scham und Entsetzen schreiend, war der Jüngling die Schlucht heruntergerutscht, sich an Wurzeln und Zweigen haltend, heulend vor Schmach und Angst, erkannt und ans Internat denunziert zu werden, wo man, ob man sich dessen bewußt war oder nicht, doch nur auf Ähnliches wartete, um ihn endgültig auf die Straße setzen zu können. Er hatte sehr lang gewartet, war dann wieder hinaufgeklettert und hatte sogar den Rucksack mit den vollen Milchflaschen wiedergefunden.

Der Vorfall kam wieder in ihm auf, während er im Windfang wartete, wann er sich ins Haus lassen würde. Gerade dieses Selbstbild war ihm ins Gedächtnis gekommen, seine eigene Lächerlichkeit, seine Scham, seine Verfehlungen, da er doch nur aus Schändlichem bestand, aus verkehrten oder simulierten Gefühlen, aus Missetaten. Zynisch und heimtückisch spielte er noch dazu den Tugendhaften, so pervertiert war er, daß er aus Strafen Befriedigung, triumphales Lebensgefühl gewann.

Die Strafe wurde ihm am übernächsten Tag nicht vom Aufseher erteilt, sondern in dessen Gegenwart von der Prinzipalin, die besonders scharf zu strafen verstand, und von Fräulein Lucas, sie war entsprechend ausgefallen, man hatte ihn lang warten lassen, das ganze Haus war im Bilde, und immer kam jemand, um nachzusehen, wie denn einer aussah, der auf seine Strafe wartete, man sah es ihm an, wie er da so stand.

Prinzipalin und Direktorin hatten ihn zum Schreien und Flehen gebracht, und im noch aufgeknöpften Strafhemd war er vor aller Augen durch die Etagen geschickt worden, ganz nach oben unter das riesige Wellblechdach. Drei Tage war er im Karzer eingesperrt geblieben: Eisenbett, Matratze, zwei Decken; Holztisch und Hocker, bei Wasser und einem Laib Brot. Die Fensterläden aus Holz waren mit einem Vorhängeschloß zugesperrt worden. Morgens und abends wurde er eiskalt abgeduscht und mit dem Siebenstriemer auf der nackten Haut lange, aber nicht sehr streng bestraft.

Lang nach dem Lichterlöschen in den beiden Schlafsälen war dann der Aufseher zu ihm in den Karzer gekommen und hatte sich von ihm beehren lassen, und am zweiten und dritten Abend hatte der Jüngling empfangen, sich von innen kennengelernt, erfahren, wie es sich in sich anfühlte, er hatte ihn und also sich selbst in sich gehabt und war auf einmal verwandelt gewesen. Der Aufseher hatte, so sehr quietschte das schmale Bett, die Matratze auf den Boden gelegt, damit man sie nicht höre. Der Jüngling hatte Zeit gehabt, mit sich selber Bekanntschaft zu schließen; noch nie hatte er jede Faser seines Körpers derart empfunden, seine Form wie von innen erlebt, aber vor allem die Erleuchtung, der triumphale Frieden, der in ihm aufging, als habe er den Sinn der Schöpfung erfaßt, als fühle er die Weltheit in sich. Es war so sonderbar, als falle er aus der Schöpfung heraus in eine unerwartet unbekannte Welt.

Eine Besänftigung war in ihm aufgekommen, die ein jeder bemerkte. Er hatte sich gewandelt, und keiner konnte auch nur ahnen wieso. Zuerst hatte er sich nicht getraut, den Aufseher anzuschauen, wie er vor den anderen so tat, als sei nichts gewesen, als wäre er ein körperloser Erzieher, nur um das Wohlergehen der Schüler besorgt, dann hatte auch er so getan, als sei nichts gewesen, und doch hatte er ein Geheimnis, von dem keiner wissen durfte. Er empfand keine Scham, denn er hatte niemandem geschadet, niemandem etwas angetan. Er war ein Wissender geworden.

Die Direktorin meinte, sie hätte es richtig getroffen, solche Strafen wirkten also mehr bei ihm als die gewöhnliche Rute, sie hatte sich diesmal zusätzlich der Bogenpeitsche bedient. So konnte er doch sehen, daß man es gut mit ihm meinte. Zur Vorbereitung auf das Abitur könne er sich auf noch strengere Strafen gefaßt machen, für jede schlechte Note Peitsche und Karzer, er sei verpflichtet, das Examen zu bestehen, man wolle doch nur seinen Erfolg, daher die Strenge.

Er solle sich dankbar zeigen, auch dem Aufseher gegenüber, mit dem er so grob gewesen war und der ihm nun, da er so streng bestraft worden sei, verzeihe. Er solle sich jetzt vor allen Mitschülern vor ihm hinknien und ihn um Verzeihung bitten.

Nur daß der Aufseher die Salbendose unter dem Bett vergessen hatte, und doch ahnte keiner, was da geschehen war, von der Verwandlung eines nervösen, immer unberechenbaren, fast achtzehnjährigen Jünglings, der bis dahin nichts von sich gewußt hatte und nun etwas von sich wußte, was nur mancher an ihm sehen könnte, ein Zeichen, das nur lesen könnte, wer davon wüßte, ein Zeichen, vielen Waisenkindern, Dienst-, Stall- oder Küchenboten gemein.

Arthur Kellerlicht wußte, wie leicht es gewesen wäre, den Aufseher zu denunzieren, ein Wort zuviel zu sagen, zu deutlich auf Verheimlichtes anzuspielen, aber damit hätte er sich preisgegeben, sich ausgeliefert, es wäre von besonderer Infamie gewesen, weil er sich doch kaum gewehrt hatte. Es war ein Lebensgeheimnis, das ihm eine unteilbare Macht über sich selbst verlieh, er wußte etwas, das sonst nur ein einziger anderer wußte, der ihn manchmal länger anschaute und ahnte, daß der Junge ehrlich war.

Man hatte ihm von Küchenjungen erzählt, die ältere Köche einfach über die Tische legten und ihnen die Hosen herunterstreiften. Er hatte einmal gehört, es sei das Los der Schiffsjungen gewesen, die es früher auf den großen Handelschiffen gab, weil Frauen an Bord nicht zugelassen waren. Irgendwo hatte er gelesen, daß man sie in versteckte Winkel mitnähme und daß alle einen Freund und Beschützer unter den Matrosen hätten.

Einer der »Großen« war inzwischen sein bester Freund geworden, ein schlaksiger, langer verträumter Jüngling, der sich beim Gehen verhedderte, stolperte und nie mit sich fertig wurde, man schaute ihm dabei zu, und jeder mochte ihn gern. Sie hatten sich sofort gegenseitig erkannt, und der neue »Große« hatte ihm ein Buch geliehen mit vielen Geschichten über verlorene Kinder.

Es gab darin mehrere Abbildungen von englischen Gemälden aus dem 19. Jahrhundert, eins davon zeigte, wie ein kleiner Junge in Matrosenuniform im Gras liegt, den Kopf auf den Arm gestützt, mit der Hand noch am Stock und am kaum abgelegten Ranzen. Der Junge weint bittere Tränen, die ihm die Wangen hinunterlaufen. Im Hintergrund das strohbedachte Häuschen. Die Tür ist halb geöffnet, und man sieht ein Bett, in dem eine ältere Frau tot liegt.

Er hatte die Geschichte der ersten Reise eines Schiffsjungen gelesen: Seine verwitwete Mutter hatte ihm ein schönes Taschenmesser zum Abschied geschenkt.

Man beschrieb ihn inmitten der Mannschaft, wie er in die Takelung hinaufkletterte und abends zu seiner Hängematte zurückkehrte, wo ihn die Matrosen ab und zu besuchten. Wenn er nicht vor Müdigkeit sofort einschlief, bohrte er nach und nach ein Loch in den Balken der Schiffswand, Woche nach Woche, bis er endlich einen Trichter hineingebohrt hatte, dessen Ränder am oberen Teil immer offener wurden, über die er gerne mit den

Fingern fuhr. Und er bohrte unaufhörlich immer weiter. Eines Nachts hatte es sich auf den besternten Himmel geöffnet. Dazu hatte er sich einen Spund geschnitzt und ihn hineingepflanzt, und er sah, wie die Sterne am Himmel glänzten. Wenn er den Spund herauszog, kam ihm der Windstrahl ins Gesicht, er ließ ihn in den Mund hinein und bis in den Gaumen gleiten, die Lippen verdünnten ihn, und eine Verwirrung ergriff ihn. Manchmal bei Mondwetter sah er den Meerespegel sich heben und senken, dabei träumte er von Fahrten durch hohe Wälder unter dem Mond, über dem sich das Wintergezweige abzeichnet. Er saß auf seidenen Kissen in einer samtbezogenen Kutsche, und seine Träumerei führte ihn in entfernte Schlösser voller Türmchen, deren Bilder er einmal gesehen hatte.

In den Abenteuerromanen war der Schiffsjunge immer vierzehn, sechzehn Jahre alt, er weinte und wurde bestraft. Die Matrosen umstanden ihn und spielten mit ihm, jagten ihn über das Deck, hin und her zwischen den aufgestapelten steifen Seilen und den umgekippten Eimern. Seine Schreie verloren sich zwischen den Nebelschwaden, die das Brennen der Sonne abmilderten.

In der Ferne hörte man das Anschlagen der Wellen gegen die Küste. Momentweise entdeckte man die dachartigen, grasbewachsenen steinernen Abhänge und Felsenkliffe, die bis ins Meer herunterreichten.

Eines Tages hatte ein ungeheures Krachen das Schiff durchrissen, es war auf den Riffen zerschmettert festgefahren und hatte sich in zwei geöffnet. Später neben einem Felsen, im welchem das Wasser einen geriffelten Kelch ausgewaschen hatte, hatte eine Reiterin den Schiffsjungen gefunden. Die Hufe des Pferdes hatten Öffnungen auf dem feuchten Sand hinterlassen, die sich sofort wieder schlossen. Von weitem hatte sie den weißen Körper liegen sehen – ein Kind. Sie hatte ihr Pferd zurückgehalten, das vor dem grauen Hintergrund des Strandes ausgeschlagen hatte. Die Reiterin hatte beim Anblick der karminroten Striemen gelächelt. Zwei, drei Tage hatte man ihn im Schloß ein wenig verwöhnt und wieder laufenlassen.

Im Karzer hatte der Jüngling immer wieder an jene Geschichte gedacht und sich selbst welche erfunden, wie er in einem Schloß Diener werden könnte und dabei alles zur Verfügung hätte, einen schönen Park zum spazierengehen, eine Dachkammer, er hätte die Stiefel zu putzen gehabt, was er besonders gut konnte, da er doch immer wieder die seiner Mitschüler zu putzen hatte, war er sehr erfahren darin geworden. Die Herrschaften würden ihm erlauben, sich Bilderbücher aus der Bibliothek zu leihen. Er würde dem Sohn des Hausherrn oder seinen Besuchern zur Verfügung stehen, sie würden ihn ins Treibhaus mitnehmen und ihn bequem aufs Stroh lagern.

Solche Bilder ließ er öfter in sich aufkommen, sie überdeckten den kleinen weinenden Schiffsjungen, dessen Bild dennoch ab und zu seine Träumereien durchstieß und ihn zum lauten Aufheulen brachte, wenn er dabei an die eigene Mutter dachte. Der Kummer ist so groß, daß man die Rinde der Bäume abkratzen möchte, es ist eine brustzerreißende Verzweiflung.

VI

Die Scham ist ein so heftiger Affekt wie irgendeiner; und es ist zu verwundern, daß die Folgen desselben nicht zuweilen tödlich sind.

Karl Philipp Moritz, *Anton Reiser* (Zweiter Teil)

Es war nun der Frühling des Jahres 1946, in wenigen Wochen sollte er zum Abitur nach Annecy. Er war des Nachts immer wieder im Zimmer von de S. gewesen, der ihn zurückbog, und dem Jüngling war es jedesmal wie ein Erwachen zum Leben, ein sonderbar fröhlicher Stolz. Der Aufseher hatte ihn mit sich selber versöhnt und ihn vom schlechten Gewissen abgebracht, das er »nachher« immer hatte, und ihm gezeigt, daß einzig, was man gegen jemand anderen begeht, ein schlechtes Gewissen verursachen soll, was aber den eigenen Körper angehe, so könne man mit ihm anstellen, was man wolle. So sei das, dem er des Abends so häufig verfalle, nichts anderes als schönste Natur, und er wußte, daß er da etwas hatte, das ihm allenfalls viel später einmal das Alter nehmen könne, aber daß er die Möglichkeit habe, sich selbst größtmögliche Wollust zu verschaffen. Es war sein verschwiegenes, verhaltenes Königreich, mit dem er sich selbst beschenken konnte.

Man versprach ihm aber auch, es war am Tage seiner Entlassung aus dem Karzer gewesen, nach dem Abitur, sollte er es bestehen, würde man ihn, obgleich doch keiner für ihn bezahle, auf einen Ausflug an den Genfer See mitnehmen, eine Ganztagesfahrt.

Er wurde nur noch kurz an die frische Luft geschickt,

denn er hatte den ganzen Tag zu lernen, im Deutschen war es ein Kinderspiel, die behäbigen und eigentlich banalen Texte zu übersetzen, die ihm eine extra für ihn engagierte Deutschlehrerin vorlegte.

Man gab ihm die schwerfälligen Texte deutscher Autoren, die sich mit der Sprache schwertaten, es war eben Deutsch. Es waren immer sehr lange Sätze, die man an sich vorbeiziehen ließ.

Man stellte sich beleibte bärtige Käuze im Lodenmantel vor, die ihre Familie tyrannisierten, große Spaziergänge durch die Felder unternahmen und sich Weltuntergänge und abgefeimte Folterungen dabei ausdachten. Wenn man die Kerle, Gundolf oder Korff, Cysarz oder ähnlich geheißen, ins Französische übersetzte, blieben davon nur verschwommene, sich widersprechende Sätze übrig. Und er, der gerade Voltaires *Candide* entdeckt hatte, bog sich vor Lachen beim Lesen aller dieser germanischen Langzeitzünder, die schnell töten konnten und langsam dachten.

Im Lateinischen, es war mit dem Französischen das wichtigste Fach, ging es nie ohne Strafen, unter denen er als doch großer, bald erwachsener Junge heulte und schrie und allmählich zu einem sehr guten Lateinschüler wurde. Er konnte kein lateinisches Wort mehr sehen, ohne an das zu denken, was ihm früher oder später bevorstand. Immer wieder hatte Fräulein Lucas beim Unterricht auf das Bild aus Herculanum verwiesen, welches eine Schülerstrafe auf offener Straße darstellte. Das Latein hatte dadurch einen besonderen heimlichen Reiz bekommen, es war eine Herausforderung, eine sinnliche Sprache, die den Körper anging, in der man es immer mit einem Schauder zu tun bekam, wenn man beim Übersetzen von Cicero, Livius oder Cäsar nicht das Richtige herausfand, und dabei sah er Zypressen, trockene Wege und weite Hügel, wie er sie damals in Florenz erlebt hatte. Er liebte diese Sprache, die auch etwas Schützendes hatte, sie war so fest gebaut, daß man sich nur irren konnte, wenn man die grammatischen Regeln nicht beachtete, es war eine sichere, wunderbar kluge Sprache.

Vor kurzem hatte man ihm erzählt, es war während der Deutschstunde, daß in Goethes Haus in Weimar im »Deckenzimmer« ein Stich hänge, auf dem die Züchtigung eines größeren entkleideten Schülers dargestellt sei, der auf einer Art Bock liege, während ein Priester in Soutane über ihm die Peitsche schwinge, was hatte es zu bedeuten, daß ein so großer Mann so etwas auch noch in seinem schönen Zimmer aufhing?

Als er einmal im Geschichtsbuch blätterte, stieß er auf eine andere Abbildung, die ihm noch weniger Ruhe ließ. Sie hieß *Die Unglücksboten* und war von einem französischen Maler aus dem 19. Jahrhundert, Jean-Jules Antoine Leconte du Nouÿ. Ein Bild, das in einem Schulbuch für Vierzehn- bis Sechzehnjährige stand, und wieder einmal war ihm, als wüßten alle, daß er sofort in das Verbotene hineinsah.

Auf einer erhöhten Terrasse, zu welcher einige Stufen hinaufführten, saß, halb liegend, der Pharao in Kissen, auf einem Ruhebett aus wertvollem, intarsiertem Holz, zu seinen Füßen lagen seidene Gewänder. Er blickte, man sah es deutlich, besorgt und betrübt in die weite, unendliche Welt, die man ganz in der Ferne hinter Gebirgsketten erriet, vor denen der Nilstrom blinkte. Er hatte bestimmt eine Schlacht verloren, oder es kamen Feinde heran oder er war verraten worden, man sah deutlich, daß sein Hofstaat ihn verlassen hatte, nur links auf der hinteren, tempelartigen Front des Palastes erkannte man die Silhouette einer Wache.

Vor ihm, unter den Stufen, lagen die Leichen der Boten, die ausgeschickt worden waren, damit sie fröhliche Botschaften heimbrächten, und die man hingerichtet hatte, weil sie das Erwartete nicht bestätigen konnten; einer der Boten lag zusammengekauert, noch mit Lendenschutz bekleidet, und auf der anderen Seite, rechts zum Zuschauer gerichtet, ein anderer, völlig nackter junger Mann, auf dem Bauch. Man sah den in den Arm gestützten Kopf mit einer kleinen Blutlache daneben, der ganze Körper lag wie zum Anblick dargeboten mit dem prallen, blinkenden Gesäß, so dargestellt, daß man nicht davon abließ, den Blick fast notgedrungen nur darauf richtete, als ob jeder davon wüßte. Der Blick drang in das so Dargebotene ein, und ihm war, als sei er es selber.

Vielleicht hatte man schon immer von ihm gewußt, von der Erkenntnis, von der rätselhaften Verwandlung, die man lebenslang in sich tragen würde, die aber auch die viel größere Schuld des durchgeschmuggelten Lebens überdeckte: Wenn man ihn besaß, konnte man ihm keine Vorwürfe mehr machen. Er stand zur Verfügung, noch unberührbar.

Und jetzt saß er wieder im Karzer, aber bei offener Tür, Fräulein Lucas hatte ihn hinaufgeschickt, damit er in Ruhe lerne, und seit zwei oder drei Tagen von allzu scharfen Strafen abgelassen. Obgleich er seit über sechs Jahre nicht anderswo als in der Kleinstadt Sallanches unten im Tal gewesen war, vergrößerte sich sein Horizont immer mehr. Er stellte sich Waldungen, Lichtungen vor, wo einen das hohe Gras vor den Blicken schütze, wo er läge, es waren Bilder, schuldige Bilder in allen möglichen Landschaften, die ihm plötzlich durch den Kopf schossen, überall gab es Stellen, von denen nur die Wissenden wußten.

Seine Inbilder wurden inhaltslos, aber erweiterten sich um so mehr, es wurden Weltbilder, er stellte sich weite Landschaften vor, die es schon gab, die auf ihn warteten. Es gab bereits irgendwo die Türen, die er aufmachen würde, die Zimmer, die er bewohnen würde, und dabei kam ihm immer wieder so nah, als könne er sie anfassen, seine zukünftige Frau in den Sinn, sie war irgendwo, machte etwas, sprach vielleicht, fuhr Rad oder lernte, es war ihm, als fühle er ihre Existenz, und mit jedem Schritt, mit jeder Sekunde, vielleicht würde es noch Jahre dauern, kamen sie einander näher und näher, bis zum Augenblick der zufälligen Begegnung. Von ihr wußte er, es gab sie. Und er konnte machen, was er wollte, ans Ende der Welt fahren, er würde sie dennoch treffen, denn Zufälle gab es nur vorher, nachher war alles unvermeidlich, denn ein Wissen um sich selbst führte alle Menschen durch das Leben.

Er hörte den Wind über das Dach fahren, und vom Fenster aus sah er die ganze Gebirgskette des Mont Joly, und eine Raumbegeisterung erfaßte ihn, es war so wundervoll, am Leben zu sein, und gerade in dieser Richtung lag der Bauernhof, auf dem er so lange gelebt hatte, und es war ihm, als höre er alle Geräusche und sähe, wie der Bauer gerade zum kleinen viereckigen Gemüsegarten ging oder wie er die Stalltür zumachte, alles war ihm so vertraut, als wäre er noch da. Und doch war es ihm um das Leben gegangen. Er schämte sich der Ängste wegen, die er ausgestanden hatte. Es war ganz richtig, daß man ihn strafte, wo so viele seiner Art umgekommen waren, während er sich doch nur auf dem Bauernhof vollgegessen und das Glück gehabt hatte, Kühe zu hüten.

Nur im Winter, bis Ende März, war es gefährlich gewesen, wenn die deutschen Soldaten auf Skiern zum Exerzieren vorbeifuhren, zehn bis zwölf Mann, die plötzlich auf Befehl stillstanden, während immer zwei, höchstens drei zum Bauernhof beordert abbogen und Eier, vielleicht Käse oder Butter wollten. Dann schickte ihn der Bauer ins Heu, und er mußte hineinkriechen, so tief es ging, bis er kaum noch Luft bekam, denn sollten die Deutschen nach ihm suchen, würden sie das Heu durchsäbeln, und dann wäre alles aus gewesen: Er lag unter dem Heu, und das Herz pochte ihm bis zum Mund, daß man es unten bestimmt hörte. Alles um ihn bekam haarscharfe Genauigkeit, jede Einzelheit seines kurzen Lebens tauchte der Reihe nach in ihm auf, alles lag vor ihm ausgebreitet. Alle Zimmer seines Elternhauses mit dem jeweils ihm eigenen Licht, alle Straßen, die er gegangen war, die ganze Strecke von Hamburg nach Florenz über München, mit Bahnübergängen und Marienkirche, samt Teufelsschritt, wie man hoch über dem Meer in Genua eingefahren war, ein gelber Bahnhof über der riesigen eingekurvten blauen Meeresfläche, und dann der Duomo von Florenz vom erhöhten Garten aus, mit dem Palazzo Vecchio und den anderen Türmen in abendlicher Entfernung. Die Fahrt schließlich und die italienischen Grenzer, die ihn und seinen Bruder nicht nach Frankreich durchlassen wollten, bis sie am Ende in Chambéry vom Chauffeur der entfernten Kusine abgeholt worden waren, der sie so steil hinaufgefahren hatte, daß sie beide gegen das Leder der Rückenlehne gedrückt wurden, bis sie endlich vor dem hoch über dem Tal stehenden Internat abgesetzt worden waren.

Man ließ ihm jetzt immer mehr Freiheiten, und er freute sich im voraus auf die Bahnfahrt. Die ganze Strecke konnte er auswendig, es waren beinahe hundert Kilometer, und man brauchte fast zwei Stunden, über Luftlinie war es viel kürzer, doch es gab Berge zu umfahren und mehrere Städte, die er sich alle vom Bahnhof aus ansehen würde, während der Zug hielt.

Die Direktorin sollte mitfahren, man würde während der zwei Tage der Prüfung in einem Hotel wohnen und sogar ins Restaurant gehen, zum ersten Mal in seinem Leben. Er stellte sich das alles vor und fühlte sich freudig erlöst. So vieles würde es zu sehen geben. Dabei war er besonders stolz, schon so vieles über das Land zu wissen, welches ihn aufgenommen und geschützt hatte.

Im Büro, das er doch so gut kannte, stand eine mit Fotografien illustrierte Geographie Frankreichs im Bücherschrank. Er hatte die Erlaubnis erhalten, den Band manchmal herauszunehmen, da Frankreich mit auf dem

Programm der Abiturklasse stand. Er sah sich das Sechseck gern an, das das Land mit allen Meeren herum bildete, von der Nordsee, an die es stieß, bis zum Mittelmeer, an dem der große Hafen Marseille und Nizza lagen. Diese ruhigen breiten Landschaften waren ihm beinahe vertraut, der Löwe von Belfort und die burgartige Kathedrale von Albi oder die Wasserbrücke von Gien.

Er kannte auch alle Ströme und Flüsse, von denen nur zwei ganz große ihre Quellen außerhalb des Landes hatten, die Rhône und die Garonne, alle Gewässer waren miteinander verbunden durch verschiedene Kanäle, wie diejenigen, auf denen der Bruder des verlorenen und dann endlich wiedergefundenen Sohnes aus *Ohne Familie* gefahren wurde. *Ohne Familie* erzählte die Geschichte dieses an einen Straßenmusikanten namens Vitalis verkauften Waisenkindes, es lernt Harfe zu spielen, und eines Tages hört man ihn auf einem sehr reich als Wohnung ausgestatteten Schleppkahn, auf dem ein kranker, reicher Knabe mit seiner Mutter durch Frankreich reist, es erweist sich rasch, daß das Waisenkind der als Baby geraubte Bruder des kranken Knaben ist.

Er sah sich die Michelinkarten an, es waren Landkarten für Autofahrer, in denen alles verzeichnet war, auf denen Frankreich in Rechtecke eingeteilt war, die sich manchmal überschnitten. Man konnte sie zusammenfalten, so daß auf den ersten Blick immer etwas von den Wegstrecken zu sehen blieb, und wenn es Abend wurde, leuchtete das Gelb des Deckels auf ganz besondere Weise zugleich immer dunkler und immer sichtbarer.

Der Mitschüler hatte ihm die Karte Nr. 74 gegeben, *»Lyon, Chambéry, Genève«* betitelt. Wenn man sie aufschlug und ausbreitete oder nur teilweise öffnete, konnte man stundenlange Reisen unternehmen, alle Straßen verfolgen und sich nach den Schattierungen und Farben die Landschaft vorstellen. Auf der rechten Seite war sie voller hellblauer bis weißer Flecken, die das Hochgebirge und die Gletscher darstellten, mit wenig Straßen und vielen unbewohnten Gegenden, dann wieder bräunlich markiertes Mittelgebirge mit grünen Waldflächen dazwischen, durch welche sich schmale Straßen schlängelten. Kloster, isolierte Hotels, sogar Krankenhäuser waren angegeben.

Auf der Karte war alles verzeichnet, wie es war, sogar das Internat, als winziger schwarzer Punkt eingetragen, man sah genau die Schleife der Straße, die hinaufführte. Selbst die Gebirgskette des Mont Joly und der Aiguilles Croches sah man im Hintergrund, schattiert und ganz klein auf der Kartenfläche. So konnte er mit einem einzigen Blick durch unendliche Gegenden wandern, sich baumgesäumte Straßen vorstellen, in Städte hineinfahren und sich solche aussuchen, in denen es sehenswürdige Kirchen gab, die auf der Karte mit einem kleinen schwarzen Kreis angegeben waren, die uninteressanten dagegen nur mit einem weißen.

Seine Reise nach Annecy stand da aufgezeichnet, bevor er sie auch nur angefangen hatte, alle Bahnübergänge und Brücken konnte man sehen und wie die Bahn im engen Tal zwischen Sallanches und Cluses den Berg durchfuhr.

Die Strecke sah er jeden Tag von oben, wie von senkrechten Felsmauern eingefangen, die man in der Ferne sich gegenüberstehen sah und die das Tal zur Schlucht werden ließen, und da in der Enge fuhr die Bahn neben dem Arvefluß, es war, als hätte ein riesiges Schwert in undenklichen Vorzeiten das ungeheure, wie aufgestapelte Platémassiv vom in der Gegenrichtung verlaufenden Aravismassiv getrennt. Es waren schrankartige Berge, riesige Kommoden oder kilometerlange Felsenkegel, die in den Himmel stießen, wie er sie in der Winterkälte unbeweglich hatte stehen sehen.

Ein wenig weiter, nach dem langen und schmalen Arvetal, sah man auf der Karte eine Erweiterung, nicht sehr weit von Genf, wo die Berge in Hügel ausliefen und die Dörfer dichter gedrängt lagen.

Man sah es deutlich, dort fing schon die unendliche Ebene Nordeuropas an, die Straßen verliefen geradeaus. Ganz oben lag eine Stadt mit Namen Bourg-en-Bresse, wo es unzählige Teiche, Seen und Tümpel gab, zu Hunderten aufgezeichnet, es erinnerte ihn an die ferne Heimat, an die so weiten Landschaften der Kindheit, an die bläulich im Nachmittagsdunst stehenden fünf Türme Hamburgs. Sofort aber jagte er dieses Bild aus dem Gedächtnis, wie er daraus auch die Eltern verjagt hatte, wenn sie am Rand des Erinnerns plötzlich auftauchten.

Er wußte, es war nicht mehr seine Heimat, man hatte sie ihm weggenommen, weggestohlen, und doch war noch alles da in ihm, jedes noch so leise Geräusch, das Ziehen der Wolken hoch über den rauschenden Buchen am Gartenrand, der sandige Feldweg an den Hecken, die

Schule aus rotem Backstein, die Lehrerin auch, die ihn einmal wegen Tintenflecken an der Wand, die er gar nicht gemacht hatte, zum Direktor geschickt hatte.

Damit hatte ja alles angefangen, da der Rektor zum Rohrstock gegriffen, ihm die kurze Hose heruntergezogen hatte und es wie ein Töten gewesen war, als wolle man ihn beseitigen, abschaffen, er hatte vor Schmerz, Scham und Angst geschrien und gestrampelt, und der Rektor hatte immer weiter geschlagen und gebrüllt: »Ein solches Pack wie dich braucht man nicht.«

Und das war in ihm geblieben: Er wußte, er gehörte nicht dazu, hier in Frankreich aber war es immer umgekehrt gewesen, er hatte sich sofort geschützt gefühlt, man hatte sich seinetwegen äußerster Gefahren ausgesetzt. Und von den Strafen hatte er stets gewußt, daß sie nicht seine Seele betrafen, daß man sich nichts weiter dabei dachte, daß man ihn nur »erziehen« wollte und daß es zwar unvorstellbar an einem kochte und brannte, dann aber sehr schnell verging und trotz der Scham in unverständliches Behagen umschlug. Wogegen man in Deutschland sofort bereit war, wie es dann auch vielen anderen geschah, ihn einfach wie Kehricht wegzuschaffen. Er hatte verstanden, daß Erziehung in Deutschland Abrichtung und Entmenschlichung war, du gehörst nicht dir, du gehörst uns, und gehörst du nicht dazu, schaffen wir dich ab, wohingegen man ihn im Internat, vielleicht ohne es genau zu wissen, zu sich selbst führen wollte, mit falschen, aber gutgemeinten Methoden, die ihn zur Entdeckung des großen Wunders geführt hatten.

In der Nähe eines Eisenbahnknotens am Talausgang sah

man dann, wie die Strecke eine lange Nadelkurve zeichnete und durch mehrere Tunnel verlief, bis sie endlich Annecy erreichte. Vor dem bevorstehenden Abitur fürchtete er sich nicht, in Deutsch und Französisch konnte er sich sehen lassen, in den wissenschaftlichen Fächern Physik und Mathe war er nicht einmal eine Niete, aber dank der Umstände – er war doch Vollwaise und die Eltern umgekommen, bei Nacht und Nebel verschwunden – würde man ihn schonen. Er jedoch wäre lieber durchgefallen, als so etwas überhaupt zu erwähnen, als dürfe man sich ein solches Sterben zu eigen machen und gar zum eigenen Vorteil. Die Direktorin hatte dem Präsidenten der Jury einen Brief geschrieben, so daß man ihn in Mathematik das Allerleichteste fragte und an seiner Stelle antwortete.

Denn man wußte bereits alles vom Geschehenen, auch er hatte in seinem entlegenen Internat, wo den Schülern das Zeitunglesen untersagt war, alles genau erfahren. Er wußte bereits fast alles; weil das Ungeheuerliche immer irgendwie durchsickert, selbst wenn man nichts hörte und nichts sah. Es hing in der Luft, jeder wußte davon und trug ein kaum spürbares Entsetzen in sich. Es war, als ob etwas Schweres über allem lastete, etwas, das nie wieder gutzumachen war, die ganze Landschaft war von einer Art Trauer überzogen. Allein solche Wörter wie Deportation und Konzentrationslager ließen schon alles erahnen, und dazu war das Dorf voller Fotos und Plakate.

Er war erleichtert, wenn er aus dem Dorf herauskam und die Plakate nicht mehr zu sehen brauchte und sich die vertraute Landschaft, das breite Tal, der grüne

Schimmer der Wiesen um ihn herum wieder einstellten, vor allem aber hatte Fräulein Lucas ein Exemplar des Buches *Témoignages strasbourgois sur les camps de concentration nazis* (Straßburger Zeugnisse über die NS-Konzentrationslager) bekommen. Wieder fühlte er, wie er vom Makel der Zugehörigkeit zum Lande seiner Geburt, seiner Kindheit, seiner Mutter, nun das Land des absoluten Verbrechens geworden, nicht loskommen konnte, um so weniger, als er doch dabei alle Vorteile des Lebens genoß.

Immer öfter hörte oder las man vom Entsetzen, und er tat dabei, als ob er nicht gemeint war. Jeden Tag erfuhr man mehr vom Ausmaß des Unvorstellbaren, und in ihm wuchs das schlechte Gewissen, daß er ungerechterweise überlebt hatte. Fräulein Lucas hatte recht gehabt, als sie sagte: »André ist tot, und Sie sind immer noch da.«

Er war schuldig, derart schamlos schuldig, daß die Strafe ihn kaum noch strafte, so verdorben lebensfroh war er, denn da er lebte, hatte man ihn beseitigen wollen. Alle Schläge, die er bekommen hatte, die Lineale, auf denen er hatte knien müssen, all das Essen, das man ihm entzogen hatte, die Eselsmützen, die er zu tragen gehabt hatte, und wie man ihn vor den anderen gedemütigt hatte, das alles war, in Wirklichkeit, wie eine ungerechte Belohnung, eine unglaubliche Übervorteilung angesichts des Todes der anderen.

Jede Strafe aber versetzte ihn in eine Art Taumel, war wie eine Begeisterung, die ihn erfaßte, war es denn nicht immer wieder ein Lebensbeweis? Daß es so entsetzlich weh tat, zeigte doch, wie lebendig er war. Er hatte seine »Erzieherinnen« schon immer herausgefordert, und jetzt war es etwas Triumphales für ihn, zu bitten, man solle weiterschlagen, man könne ihn doch nicht kleinkriegen. Die Erwachsenen hörten immer dann auf, wenn die Striemen fast blutunterlaufen waren und es an Grausamkeit grenzte, er aber wußte genau, diese Grenze würde nie überschritten werden, es sollte immer etwas Wiedergutzumachendes, Erbauendes, Gesundendes an der Strafe sein.

All die anderen waren umgekommen, sie waren unschuldig gewesen, man hatte sie umgebracht, einfach weil sie lebten, und ihn, ihn hatte man am Leben gelassen, es war schamlos und grotesk, und dabei hatte er auch noch die Stirn, sich des Lebens zu freuen. Oder war es etwa keine umgekehrte Verzweiflung, wenn er sich »von eigener Hand« aus aller Hoffnungslosigkeit und Verzweiflung herauszog wie an den eigenen Haaren?

Er hatte am eigenen Leibe erfahren, wie es war, wenn man hinter einem her war, er hatte aber auch erlebt, daß man die Köchin seinetwegen, mir nichts, dir nichts auf einer Wiese erschossen hatte, weil sie zusammen mit ihm mehrere andere denunziert hatte, so war ihm erzählt worden.

Kurz danach hatte er gesehen, wie man einer Frau auf dem Dorfplatz die Haare schor, weil sie angeblich mit einem Deutschen geschlafen hatte, man hatte sie auf einen Schemel gesetzt, und es waren Männer, die sie schoren, man sah bereits den zur Hälfte hellweißen Schädel. Die Augen des Mädchens waren weit aufgerissen, starr, damit sie ihre Tränen zurückhalten konnte, sie blickte geradeaus, um niemanden zu sehen, das ganze verlief ohne viel Geschrei oder Schimpfen, vielleicht weil sich die Männer ein wenig schämten, so etwas zu tun, und er, Arthur, war gerade vorbeigegangen, mit seinem Rucksack voller Broten, und hatte sich auf den Weg gefreut, auf die Aussicht auf halber Höhe, wenn er den Rucksack abschnallen würde, um sich auszuruhen. Und er hatte sich geschämt, daß er feige gewesen war und nichts gesagt, nicht protestiert hatte, jeder kannte ihn im Dorf, und wäre er eingesprungen, hätten solche »Widerstandskämpfer der letzten Stunde«, wie man die Feiglinge nannte, die sich während der Okkupation geduckt hatten, sogar Kollaborateure gewesen waren und sich nachher als Helden brüsteten, sofort mit ihrer schändlichen Tätigkeit aufgehört. Vor allem, da er unter ihnen einen Gastwirt erkannte, bei dem die beiden deutschen Soldaten, die das Dorf besetzt hielten, ein und aus gegangen waren.

Ob sie schuldig war oder nicht, er hatte die Angst dieser Frau in sich gehabt, er konnte sich vorstellen, wie es in ihr war und wie sie alles mitbekam, die Himmelshelle, das Geländer an der runden Galerie, die Gesichter um sie herum, voll Häme und Zufriedenheit, und in ihr die Angst, die er auch gekannt hatte, und die Scham, die man von sich abzustemmen versuchte und dabei den anderen vergeblich klarmachen wollte, daß man es nicht war, daß sich ein anderer schämte als man selber, dem man dabei zusah. Und er war brotbeladen weitergegangen, in der Erwartung einer fröhlichen Zeit.

Nach dem unerwarteten Erfolg beim Abitur hatte man nicht anders gekonnt, als ihn auf den Ausflug mitzunehmen, es wurde an den Genfer See gefahren, nach Thonon und Evian. Auf einmal war die Pflanzenwelt eine ganz andere geworden; im hohen Gras wuchsen obstbeladene Bäume, deren schwere Äste kronenartig ins Gras herunterhingen, und das alles war voll Sonne, es waren üppige, fruchtbare Zukunftslandschaften, voller Überraschungen. Es war eine ganz andere Landschaft als die ein wenig strenge des Hochgebirges, wo es auch weniger Wachstum gab und sich die Pflanzenfülle nicht so voll ausbreiten konnte.

Es war für ihn Ferienzeit, er war jetzt ein Internatsschüler wie alle anderen und war fast zum Vertrauensmann des Internats aufgestiegen, eine Situation, aus der er genauso schnell wieder herausfiel. Da er älter wurde und unvorsichtiger, wurde er immer öfter des Abends überrascht und ließ sich irgendwie entzückt und fasziniert als schon Achtzehnjähriger von der Prinzipalin abrichten. Er wäre zur Vorbereitung auf den zweiten Teil des Abiturs gern weiter dort im Internat geblieben, in dieser kleinen Welt, von der er jede Einzelheit kannte, wo er sich von der hohen, freien Landschaft berauschen lassen und vor den Wasserfällen seine Begeisterung herausschreien konnte. Er hatte angefangen, Gedichte zu schreiben, mit viel Eiszapfen, Schluchten und Sturm, und wieder einmal brotbeladen, mit Marmeladeneimern an jeder Hand, hatte er seine Kusine und Wohltäterin auf der Straße getroffen, die ihn gefragt hatte, ob es wahr sei, daß man ihn schlage. Er war knallrot geworden und hatte es vehement verneint, am Tag zuvor jedoch hatte es eine besonders kochende Sitzung gegeben. Daher war von seiner Beschützerin beschlossen worden, er solle in der

Pariser Gegend untergebracht werden und dort weiterstudieren, und so öffnete sich für ihn eine Zeit voll Erwartungen. Sie hatte sich ein wenig herumgehört und fand es ungesund, daß sich ein so großer Junge wie ein kleines Kind behandeln ließ und daß er als Laufbursche benutzt wurde und sie trotzdem die Rechnung voll zu bezahlen hatte.

Paris war die vor ihm ausgebreitete Zukunft. Da würde keiner von ihm wissen, und die Schuld, die er im Gebirge mit sich herumtrug, dessen war er sicher, würde wie eine Haut von ihm abfallen. Beim Abitur, als er zum ersten Mal seit vielen Jahren wieder in der Stadt, in Annecy, war und durch einige Straßen ging, war es wie eine leichte Versuchung gewesen, wie einfach man einhergehen konnte und angesprochen werden, ob er mitgehen würde? Alles, was es zu sehen gab, die ganze Geschichte Frankreichs würde er da unter freiem Himmel von einem Denkmal zum anderen abgehen können, und vielleicht würde er sich sogar die Ministerien und die Kolonnade des Parlaments ansehen können. Es wunderte ihn, daß man so frei vor diesen Gebäuden einhergehen konnte und daß es sogar Minister gab, die Autobus fuhren wie gewohnliche Menschen.

In Paris, das wußte er, würde alles möglich werden, Bekanntschaft mit sich selbst konnte er da bestimmt schließen, und keiner würde ihm Vorwürfe machen, mit dem Finger auf ihn zeigen oder ihn, wie im Internat, ständig zur Rede stellen.

Er war, was den Körper betraf, zu jeder Unterwerfung, zu jeder Einwilligung bereit, um so mehr als er sonst nie klein beigab, sein Denken ließ er sich in keiner Weise vorschreiben, er wußte schon, daß man einzig aus sich selbst heraus denken konnte, daß man nie glauben sollte, ohne den Glaubensgegenstand zu untersuchen, und daß man aufpassen mußte, wenn viele dasselbe glaubten. Voltaire und Rousseau hatten ihn Aufmüpfigkeit und Unbotmäßigkeit gelehrt.

Mit seinem Körper hingegen konnte man machen, was man wollte, ihn fesseln, verklammern, auspeitschen, aber ohne auch nur einen Blutstropfen: Sein Körper war zum Manipuliertwerden da wie ein Stück Schweinefleisch zum Pökeln.

Er wußte, daß er nun zur Vorbereitung auf den zweiten Teil des Abiturs in ein Pariser Vorstadtgymnasium kommen sollte, wußte aber nicht, wo man ihn unterbringen würde. Vielleicht würde seine Beschützerin ihn in ihr Haus aufnehmen, sie hatte in Paris eine Art Stadtpalais. Vielleicht würde er mit ihr essen dürfen, und sie würde ihn wichtigen Persönlichkeiten präsentieren, er stellte sich da ein Zimmer vor, wie er es auf Abbildungen gesehen hatte, ein eigenes Zimmer, er hatte noch nie eins gehabt, wo man für sich allein Tür und Fenster hatte, Tisch, Bett, Stuhl und Sessel, mit Ohren, wie sich der Arme Poet von Spitzweg bestimmt einen gewünscht hätte. Das Bild hatte er schon oft angeschaut, und Eichendorffs Taugenichts, den er mit Begeisterung gelesen hatte, kam ihm wieder in den Sinn, er, der doch gar kein Gedächtnis hatte und nichts auswendig konnte, hatte die Stelle sofort behalten: *»Zwischen den beiden Fenstern hing ein ungeheurer Spiegel, der vom Boden bis zur Decke reichte. Ich* *muß sagen, das gefiel mir recht wohl. Ich streckte mich ein paarmal und ging mit langen Schritten vornehm im Zimmer auf und ab. Dann konnt ich aber doch nicht widerstehen, mich einmal in so einem großen Spiegel zu besehen ... das ist wahr, die neuen Kleider von Herrn Leonard standen mir recht schön; auch hatte ich in Italien so ein gewisses feuriges Auge bekommen, sonst war ich gerade noch so ein Milchbart wie ich zu Hause gewesen war, nur auf der Oberlippe zeigten sich erst ein paar Flaumfedern.«*

Noch nie hatte er sich von oben bis unten nackt im Spiegel gesehen, wo die anderen doch genau wußten, wie sie aussahen. Und dabei zeigten sich bei ihm nicht einmal ein paar Flaumfedern, er hätte sich gern so gesehen, im Gegenüber, wie so viele andere, sich gern gegrüßt und guten Morgen gewünscht, wie es sich für alte Bekannte gehört. Von sich selber hatte er immer nur schiefe oder senkrechte Selbstansichten gehabt, verbotene jedenfalls, und auf dem Dachboden sah man sowieso recht wenig.

Und jetzt, beim Erinnern, wußte er, er sollte die große Wandlung erleben.

Georges-Arthur Goldschmidt
Die Absonderung
Erzählung
Mit einem Vorwort von Peter Handke
Band 11867

Zu dieser Überlebensgeschichte eine jüdischen Jungen in einem französischen Kinderheim während der Zeit des Nationalsozialismus schrieb Peter Handke: »Goldschmidt hat so etwas wie ein Traumbuch geschrieben: in dem Sinn, dass er für die Situationen und Ereignisse, für die es bis dahin noch keine Sprache gab, wie somnambul, planlos, vorsatzlos, dafür um so klarer und unmittelbarer ein solche – nicht findet, sondern einfach hinsetzt. Ja, vergleichbare Bücher schreibt manchmal nur ein Träumer – nur ist hier beim Erwachen das Buch da, vorhanden, zur Hand.«

»Für die deutsche Literatur ist dieses Buch
ein unverdientes Glück.«
Frankfurter Allgemeine Zeitung

Fischer Taschenbuch Verlag

fi 11867 / 1

Georges-Arthur Goldschmidt

Als Freud das Meer sah

Freud und die deutsche Sprache

Band 14995

Ein wunderbares Buch über die Sprache, die wie der Blutkreislauf unsere Existenz durchzieht. Goldschmidt, der gebildetste und feurigste Vermittler zwischen Frankreich und Deutschland, schreibt auf erstaunliche Weise über das Leben in zwei Sprachen und das Übersetzen. Leidenschaftlich und spannend öffnet er die Bedeutungsräume zwischen den beiden Sprachen, in dem Wissen, dass sich hinter dem Gesagten ungeahnte Kostbarkeiten verbergen.

»Ein verblüffendes Buch über die Sprache«

Peter von Matt

Fischer Taschenbuch Verlag

fi 14995 / 1

Georges-Arthur Goldschmidt
Freud wartet auf das Wort
Freud und die deutsche Sprache II
Aus dem Französischen von Brigitte Große
Band 17825

»Freud wartet auf das Wort« ist die Fortsetzung der berühmten Studie »Als Freud das Meer sah«, in der Georges-Arthur Goldschmidt, aufmerksamer Sprachmensch und sensibler Kenner des Französischen und des Deutschen, den Möglichkeiten und Beschränkungen des Sagbaren und der Übersetzbarkeit in beiden Sprachen nachgeht. Am Beispiel Freuds liefert es uns manch verblüffende Einsicht in die Eigentümlichkeit der deutschen Sprache.

»Seine klugen und lehrreichen Betrachtungen sind auch für Nicht-Philologen faszinierend zu lesen.«
Michael Schornstheimer, Deutschlandradio

Fischer Taschenbuch Verlag

fi 17825 / 1